著名篆刻家毕来德制

万卷楼

李国文说

三国演义

世事成败

（上）

李国文 著

北方联合出版传媒（集团）股份有限公司
万卷出版公司

序

李国文

　　《三国演义》是一本奇书，在中国古典文学作品中，称得上是流传最广泛，影响最深远的历史小说。

　　其实，自公元184年黄巾之乱起，到公元280年东吴孙皓降晋止，通常被称作"三国"的这段历史时期，在整个中国五千年的文明史上，只能算是短短的一瞬。然而，这段不足百年的三国鼎立局面，那刀光剑影、权谋纷争、忠贤奸愚、风云变幻的历史，如此家喻户晓，以至比历史上任何一个朝代，人们都更能津津乐道。中国历史，从三皇五帝到中华民国，算起来该是二十六史或是二十七史了，但哪一史也不如魏、蜀、吴被中国老百姓所熟知。要说打仗，比"三国"的仗打得大者，不可胜数。要说杀人，历朝历代，由古至今，何止亿万，"三国"死的人，顶多是个零头。要说称王称霸，大忠大奸，文治武略，英雄美人，哪部史籍中找不出来呢？独是三国，经罗贯中演义之后，便成了普及度最广，知名度最高的一段历史。

这不能不说是《三国演义》的功绩，当然，也是文学的功绩。中国有记史的传统，中国人更有讲史的习惯。从宋代陆游那首《小舟游近村舍舟步归》里提到的"斜阳古道赵家庄，负鼓盲翁正作场。死后是非谁管得，满村听说蔡中郎"便知道，从那个时候起，"说三分"这些专讲三国故事的说书人就出现了。于是，明代就有了在话本基础上修改加工，凝练完善，雅正文字，拾遗补缺的《三国演义》；至罗贯中，这部历史小说正式定型，后又经毛宗岗父子润饰，便是现在通行的版本。印刷数量之大，读者受众之多，普及范围之广，影响程度之深，在中国自有书籍以来，为当仁不让的出版物冠军。

凡中国人，在其日常生活、社会活动、交往言谈、工作学习之中，都会因涉及这部伟大作品，而无时无刻不感受到它的存在。

政治家读它的权谋，军事家读它的韬略，士农工商被它的传奇故事所吸引，道学家则抓住了它的仁义道德，大做文章，底层社会视"桃园结义"为千古楷模，至今仿效不绝。大人物以史为鉴，把《三国演义》俨然当成一本教科书；老百姓饭后茶余，《三国演义》又是一份消遣的佳品、聊天的谈资。于是，仁者见仁，智者见智，王者看其王道，霸者看其霸道——萝卜青菜，各有所爱，千秋赏鉴，品评不已。所以此书问世数百年来，盛行不衰，一代又一代的人捧读把玩，爱不释手。在中国，不知道《三国演义》者不多，在国外，知道《三国演义》者不少。一部书，漂洋过海，走向世界，这充分说明它长青永存的艺术魅力。

在这部书里，弱者从中看到了勇气，得到或多或少的振作；强者则于英雄豪杰的身影中，看到自己的长短；谋事者从中懂得如何寻找进身之阶；得意者也自然会在这本书里吸取覆辙之鉴；统治者曾经用它来愚弄人民，人民又用书中的帝王将相，来褒贬统治者；正义之人震撼于其中之正义，如同邪恶之徒偏好其中之邪恶一样，各取所需；心怀叵测的小人能从中找到知音，胸怀坦荡的君子当然也不难寻到同道；欲杀人者，比之书里血流成河的规模，也许不必于心不安；在劫难逃者，能不为同命同运而一哭乎？兴灭继绝，护道统之不坠；更迭替代，创一己之新图，都能在这本书里找到振振有词的依据。"分久必合"，矛盾的统一；"合久必分"，又何尝不是辩证法呢？浩浩哉，荡荡哉，读《三国演义》，如入名山，谁也不会空手而返的。

有人说"老不看三国"，生怕人学得更加老奸巨猾。因为再没有一本书，像《三国演义》这样提供了如此之多炉火纯青的权术，展现人性之恶。也有人说"看三国，替古人掉泪"，似乎又怕人过多关心遥远，感情用事，而错失眼前的现实。在中国，还找不到一本书，能像《三国演义》这样，和我们每个人的日常生活联系得如此密切。我们知道，历史小说终究是小说，而不是历史。然而这部书对于三国时期若干历史事件的评价，若干历史人物的判断，竟能起到超越正史的作用。曹操的一张白脸，应该说是《三国演义》给他涂上的。关羽成为尊神，得享香火供奉，更是《三国演义》推崇的结果。文学潜移默化的功能表现之突出，在中国文学史上，莫过于这部不朽之作了。所以史学家讶异它浸润正史的力量，以至于扑朔迷离，莫辨真伪。文学家则不能不佩服这部历史小说的既是历史，又是与小说的弥合无缝的统一。在中国甚至世界的历史小说中，至今，它仍是不可逾越的高峰。

它不是白话小说，也不是文言小说。半文不白，自成一式。它比白话典雅，而不失平白如话的特点；它比文言浅显，可又并不艰深费解。上自满腹经纶之士，下至引车卖浆者流，居然雅俗共赏；从舞台至银幕，从地方戏到电视剧，搬演出来，也能老少咸宜。无论点头称是也罢，摇头非议也罢，这部书以其自身的政治、艺术价值而传世永存。绣像插图，本是章回小说的传统手法，其直观效果，其视觉冲击，往往对文本起到相得益彰的作用。本书从清末民初的多种版本中，撷取优美插图，以求图文并茂，使读者得以享受文字以外的美感，这分用心与努力，希望得到读者赏识。

自古至今，类似的演义浩若烟海，当代人写历史小说者，则更是荦荦大端。但比之《三国演义》，或是通俗敷衍，拘谨而乏文采；或是向壁虚构，荒唐无足凭信；或是陈词滥调，庸俗甚至腐朽；或是泥古不化，令人不堪卒读。有的把帝王后妃写成比当代人还新潮的摩登人物，有的把起义领袖写成深谙当代游击战术的将领，有的把丑恶当作美行，把反动视为进步，有的把暴君写成明主，军阀写成救星，封建道德写成万世不变的纲常伦理，那老百姓也就必然成了群氓和蝼蚁。更有一些历史小说作家，或是跑马圈地，占山为王，把某段历史视作私家禁脔，不容他人插足；或是以史为名，变相卖春，糟蹋古人，贻笑大方；或是志大才疏，贪多求全，力不从心，难以为继；至于那些充斥地摊，弥布网络的粗制滥造，胡编乱写的伪劣历史小说，则是属于打假的对象了。

《三国演义》被人誉为"第一才子书"，高于《庄》《骚》《史记》，被认为是"扶纲植常""裨益风教"而顶礼膜拜，也被视作"野史芜秽之谈""稗符啸聚行径"而"最不可信"，责之以"太实而近腐""七实三虚惑乱观者"，以及"欲显刘备之长厚而似伪，状诸葛之多智而近妖"，也大有人在。它确也有诸多不足之处，然而无论如何，这部千百年来，由说话人、说书艺人和历代文人集体创作出来的智慧结晶，不但有观赏价值，有娱乐价值，有消遣价值，而且有文学价值、思想价值。除此以外，还有某种意义的实用价值。所以，在中国，迄今为止，还没有一本历史小说，能比得上《三国演义》这样深入人心。现在如此，若干年以后，仍将如此，因为它是一部真正的艺术精品。

两千年来，天变，地变，国变，人变，沧海桑田，无不变的事物，然而构成社会相生相克，此消彼长，强弱转换，进步退化的关系总则，好像并未变，至少未大变；或形式变，而实质未变；或语言变口号变，而内容未变。从这个角度来读《三国演义》的话，这本书真可称得上是具有人生宝典意义的一部不同凡响之作。

《三国演义》的生命力，也许就在这里。

李国文

2017 年 3 月于北京家中

目录

第一个权谋

如果说《三国演义》是一本权谋教科书的话，那么，桃园结义，就是此书的第一个权谋。

在中国，结义，俗称拜把子，在社会底层的平民百姓中间，广为流行。这是一种很功利的结盟手段，内里确实有不能公诸天日的阴谋成分。你不能说它不情重义长，但实际却是彼此需要，具有利益交换的策略。新中国成立前，曾经相当盛行，三教九流之辈，五行八作之徒，更为热衷斯道。谁要想在江湖上立足，没有几个拜把子弟兄怎么混？不过，稍有一点身份者，多读过几本书者，通常不屑为。当然，政客们搞权术例外。蒋介石跟上海滩的青洪帮头子黄金荣、杜月笙磕过头，换过帖。这就是属于流氓政治了，磕头归磕头，翻脸归翻脸。蒋委员长与少帅张学良，也拜过把子的。所以，西安事变，少帅留了老蒋一条命，还算义气当先。但蒋做得更绝，你不杀我，你傻，他把这位义弟，差不多关了一辈子，至死也不说一个"放"字，看看到底谁厉害？用得着时义气，用不着时就不义气，拜把子，叫结义，有时候义，有时候相当不义的。

遗香堂绘像三国志，明末安徽新安黄氏刻本

刘邦和项羽在举事后，就"约为兄弟"过，共同反秦。秦还未亡，这两个人就打得不亦乐乎。成皋、广武之战，项羽急了，把刘邦的老爹抓来，放在火上烤，用以胁迫刘邦就范。刘邦则更无赖，捎过话来：你我是拜把子弟兄，我爹就是你爹，如果你一定要烹我爹的话，别忘了给我留一块肉下酒。《史记》这样写的："绝楚粮食，项王患之。为高俎，置太公其上，告汉王曰：'今不急下，吾烹太公。'汉王曰：'吾与项羽俱北面受命怀王，曰'约为兄弟'，吾翁即若翁，必欲烹而翁，而幸分一杯羹。'""分一杯羹"的成语，即出自此。可见，拜把子，多半是政治上的结合，感情是次而次之的事。

契结金兰，歃血为盟，叩首发誓，生死兄弟，是属于中国文化，特别是汉文化的一种独有的人际交往形式。中国人喜欢采用仪式来表达感情，从而巩固和对方的关系。政治上的需要，当然也包括经济上的支持，一旦不存在彼此的关系，这种结合也就瓦解了。《三国演义》第一回"宴桃园豪杰三结义"中的"结义"二字，一直被认为是"千古佳话"。成为后世几千年来，所有拜把子弟兄的榜样。连烧香磕头，结盟誓词，年龄序齿，都沿袭刘、关、张模式不变。同时，别忘了，"山头""派性""宗派主义"，其实就是未经过磕头仪式的另类"拜把子"。说明这种中国特色的结义文化，之根深蒂固，之深入骨髓，成为处于弱势状态下的中国人，不弃不放的护身符和救命草。即使如文人者，自以为清流，到时候也有这种难能免俗的"圈子"情结，勾肩搭背，拉帮结伙，互相吹捧，共存共荣的。

在《三国演义》那时代里，袁绍四世三公，众望所归；

曹操官宦世裔，身家显赫；孙策江东贵胄，势倾一方，这些人是用不着和谁结义，来互相帮衬的。相反，刘备织席贩屦，张飞屠猪沽酒，关羽四乡卖米，相比起来，按现今的阶级分析，当然属于好出身了。但在当时却是低微卑下，无足轻重之辈。因此，他们要想在群雄蜂起的局面中冲决而出，一无权势，二无钱财，三无人望，也就只有用这种结义手段聚合起来，才能形成一点声势。作为单个的人来讲，处在社会生活的较低层面，人微言贱，出头无望。只有同声共气，相互援引，生死以助，不分你我地抱成一团，才能立足，才能挣扎，也才能奋斗。刘、关、张结义的实质，不就是这么一回事吗？

所以，磕头烧香，对天盟誓，必不可少的一句就是："不求同年同月同日生，只愿同年同月同日死。"这死，也就是死党的死。一个人与另一个人结义，所企求于对方者，也就是这一个"死"字。若仅是维系感情和友谊的话，没有必要起这么严重的誓，一下子就把"死"字放在前面的。白刀子进，红刀子出，这就是拜把子之后最严酷、最残忍的现实。至于那些把兄把弟之间，以及类似的死党之间的不分彼此，情逾手足，倾家相与，信誓旦旦的交往，其实不过是一种秀，秀给大家看看的即兴表演罢了。

一位伟人曾经说过，这世界上没有无缘无故的爱。记住这句话，也就一目了然了。

无师自通的领袖

第一回（下）：斩黄巾英雄首立功

在中国封建社会中，凡王朝标明为"末"的时期，都是中国人饱受痛苦的灾难岁月。汉末三国时期，如此，唐末、宋末、元末、明末、清末，无不如此。所以，老百姓有句口头禅，"宁作太平狗，毋当乱世人"，看来这也是用血和泪换来的教训啊！

黄巾之乱，是从外部动摇了汉王朝的统治基础；何进、董卓引发的一场动乱，则是在内部摧毁了汉王朝的统治结构，从此权力中心他移，汉王朝也就徒有虚名了。

一棵大树的轰然倒下，不外乎外力的突然摧折，或内部的逐渐败朽。而一个偌大王朝的覆灭，通常倒都是内因在起催死的作用。第一，天灾频仍，人祸不止；第二，残酷统治，民不聊生；第三，揭竿而起，盗寇遍野；第四，军阀混战，山河沦丧；第五，奸佞握权，虎狼当道；第六，官员贪渎，朝政腐败；第七，赤地千里，满目疮痍；第八，恶行猖獗，昏天黑地；第九，国将不国，神州陆沉。最后，也就只能有这个结果。当然，也不是每个王朝的灭亡过程，都按这套脚本来演绎的。但东汉王朝自桓、灵二帝起，至献帝止，却像电视连续剧那样，一幕一幕，一出一出，半点不走样地走完这个过程。若以人口消长的数字来看，公元156年（桓帝永寿二年），全国总人口为五千万，这是当时的正常值。到了魏、蜀、吴彻底打完以后的公元280年（晋太康元年），全国总人口只剩下可怜巴巴的一千六百多万，与现在的上海市、北京市人口相差无几。可以想象汉末的这个"末"字，中国人付出多么痛苦的代价啊！《三国演义》这部古典文学名著，从第一页读到最后一页，竟然整整死了三千四百万人，想到这一点，你就感到中国这块土地的承载，是多么不能忍受的沉重了。

《三国演义》开始，为东汉献帝建宁二年（169）。斯年，大风、地震、冰雹、海啸……灾害频仍，大家一致相信，这就是所谓的上苍示儆。其实，大自然的灾异现象，从来如此，只不过老百姓的微弱抗议，统治者听不进去以后，才借助于天象来说话。最后，老百姓只有寄希望老天爷来收拾统治者了。汉末的黄巾起义，就利用中国人这种寄托老天惩罚的愿望，以造神来愚昧民众。于是天底下的穷人，无不视之为救星，风靡之，追从之，崇拜之，膺服之，立刻形成燎原之势。继秦末陈胜、吴广的大泽乡起义后，又一次全国性的农民起义爆发，并蔓延开来。上到朝廷，下至州府，一直到王公大臣，各路诸侯，豪门贵族，富绅乡董，不得不结成统一战线，共同来扑灭这场"苍天已死，黄天当立"的农民战争。所以，造神运动在中国鲜能绝迹，因为一是统治者需要，二是造反者需要，三是中国的被统治者，极容易受愚弄，不管什么菩萨，也不管有用没用，立马烧香跪倒，磕头膜拜。

所以，翻开中国历史，皇帝自称天子，是代表天，也就

三国志像，绣像金批
第一才子书，毛声山
评点，金圣叹序，清
初刊本大魁堂藏版

是替神来进行统治的。农民革命领袖，打出"替
天行道"的旗帜，也以神的名义，来反抗统治
者。汉末的黄巾起义，这是中国有史以来较早
的，也是较大规模的一次农民革命。《三国演义》
就是从黄巾举事写起的，首领张角三兄弟，一
开始就以符水治病，神怪起家，然后聚党成事，

揭竿而起。造反规模之大，影响范围之广，一方面说明当时汉王朝宦官擅政，屠夫当道，腐败透顶，国政败坏；另一方面也说明老百姓被压迫到不得不铤而走险的地步。张角这个不第秀才，搬出来"吾乃南华老仙也"这样一位神，居然能号召数十万人，头裹黄巾而起。

　　几乎所有成事或不成事的农民起义领袖，都无师自通地懂得造神。因为吃准了生活在底层的老百姓，无不普遍地文化低下，而文化低下，正是滋生迷信的温床。而且，还吃准了中国人的有迷信而无信仰的泛神论观点，能够接受任何一个崇奉膜拜的对象。所以，凡成了事的农民起义领袖，都懂得这一套，都得念这本经，都得请来一位神，不管是天上的、地下的，还是中国的、外邦的，来填补老百姓的灵魂真空，此术屡试不爽，无不奏效。

　　于是，造神，以神的名义进行统治，然后自己也成了神。愈愚昧，愈穷困，愈造神；愈造神，也愈愚昧，愈穷困。五千年来，中国人的灾难根子，恐怕就在这里了。

完整的张翼德

第二回（上）：张翼德怒鞭督邮

《三国演义》的人物刻画，多是泼墨重彩，粗线条，大动作，以戏剧性的情节见长。在中国古典小说中，大都运用这种手法。所以较少西方文学中那种细微的心理分析，内心世界的描写。其原因在于一开始，中国的小说是为了说、唱、演才产生的，对象主要是听众，是观众，而非读者的缘故。因此更着眼于外在的，形体的，具有强烈戏剧冲突的属于视觉形象的情节，也就不足为奇了。读中国小说，尤其这本《三国演义》，要像在剧场里看戏一样，才能领略其佳妙之处。所以，在传统剧目中，改编自《三国演义》的戏码，共有158出，而统称之为三国戏者，为241出。由此可见这部古典文学，充满戏剧因素，这才引人入胜，让人欲罢不能。

张翼德怒鞭督邮，便是《三国演义》的第一出好戏。

当你看到那吆五喝六、不可一世的小官僚，被睁圆环眼的张飞，举鞭狠抽，皮开肉绽时，无不会赞一声："打得好！"而感到痛快的。

如果没有欲救卢植，要杀董卓，动不动就开杀戒的前话，也许张飞把那位作威作福的督邮，绑在柳树上痛打，就显得

遗香堂绘像三国志，明末安徽新安黄氏刻本

突兀了。如果，他敢蔑视朝廷，侮谩命官，却不把那个小官吏鞭至半死的话，也就不成其为张飞了。这一段，有声有色的好文字，有情有景的好场面，特别是张飞大喝："害民贼！认得我么？"那督邮当即魂灵出窍，六神无主，可惜敢如此对着长官，大喝一声者，千古以来有几人？一片唯唯诺诺，人皆磕头跪拜。这也是经过长期封建统治的国人，一个个被训练得乖巧懦弱，害怕惹事，对于身边突然冒出来的庞然大物，由于其体量，由于其气场，更由于自觉的或不自觉的"贱"，便油然而生害怕之心，双腿不觉会自动弯曲，从而产生奴才心理，哪敢抬头反抗。所以清人龚自珍才有"万马俱喑"的叹息吧？

人物性格就这样凸显出来了。

据正史，鞭督邮者，是刘备而非张飞，但这顿饱揍，若是写成刘备打，就不如猛张飞打起来令人过瘾了。

为什么老百姓津津乐道怒鞭督邮？

中国老百姓常常不怎么恨皇帝，因为皇帝离得太远，俗谓"天高皇帝远"是也。在戏曲里，在民间故事里，皇帝老子，甚至天上的玉皇大帝，总是被描写成一个可以被愚弄、欺骗、蒙混过去的智商较低的角色。最切齿痛恨的，倒是直接坐在老百姓头上拉屎的官吏。俗话"阎王好见，小鬼难缠"，就是这种情绪的反映。

骑在群众头上作威作福的小官僚最可恶。中国人的全部不幸，就是这种横行乡里、胡作非为的督邮之辈，实在太多太多的缘故。督邮，今天来看，也不过一个科级或是更为等而次之的草包罢了。然而他却打着皇帝的招牌，拉大旗作虎皮，来到安喜县为所欲为。正是这些贪赃枉法、草菅人命、残酷暴虐、巧取豪夺、吮吸民脂民膏的官吏，才是直接迫害老百姓的统治机器，也是老百姓最为深恶痛绝的。

《三国演义》起源于民间口头文学《说三分》，追本溯源，这部伟大作品，开始于唐末宋初，那些勾栏瓦舍说话人的群体创作。因为他们来自民间，所以，思想感情，与市井百姓，能够心心相印；喜怒哀乐，与升斗小民，必然同声共气，于是，爱其所爱，仇其所仇，善其所善，恶其所恶，无论是心中所想，口中所说，还是弦子所弹，鼓板所敲，无不反映着中国普通人最基本的心愿。平民色彩，是此书的最大特色；百姓情怀，也是这部小说生命力的所在。在旧时代，在旧社会，只有当官的打老百姓的屁股，哪有老百姓打官员屁股的道理？独有这部《三国演义》，不但打了，还是真打，读者或者听众，能不拍案叫绝吗？

然而，《三国演义》题材既是历史，必受历史的约束，样式又是文学，无法不做文学的铺演，历史小说之难，在于这种真与似真的天衣无缝。因此在人物塑造上，往往存有相互悖谬，不够统一的遗憾。独有张飞，自始至终是完整的，他的这种天然自成的可爱之处，最能被读者欣快地接受。

黑暗中之至暗

第二回（下）：何国舅谋诛宦竖

　　在中国封建社会中，所有帝王，虽然他自称孤家寡人，其实，他既不孤，也不寡，至少他的身边永远有着一群宦官。而且身处深宫的皇帝，别看有三宫六院，有东宫太子，有文武百官，有将帅臣僚，有优伶乐工，有御用文人，在其左右，随叫随到，但一天二十四小时，始终与陛下保持着零距离接触的，还是大大小小的宦官。这些蔑称之为寺人，俗称之为太监的人，连皇帝行幸的时候，也须臾不离的。

　　因为后宫，只有一个男性，那就是帝王，剩下的全是女性，所以要成为宦官，必须被劓，必须去势，必须要成为一个不男不女之人，才能进入后宫。于是，这班刑余之徒，阉茸之辈，乃封建王朝中最污秽、最卑贱、最肮脏，也是最阴暗的一群。作为宦官，不知是付出代价太大，求偿之心过甚；还是由于性器官的阉割，形成心理变态？不知是身处权力中心，产生染指欲望；还是由于出身贫贱，对于财富的病态渴求？宦官一旦得势，得志，得意，就会陷入罪恶的渊薮而不拔。宫闱斗争，是帝国最高统治层面中，最见不得天日的。由于一些性苦闷的女人，和一群无性能力的奴隶的深深卷入，互相争宠，彼此倾轧，煽动仇恨，疯狂报复，所达到的残忍程度，罔顾人性，虽亲子也恨不能食肉寝皮。这种无声的罪恶，乃是黑暗中之至暗者。

后宫里那些宦竖，不男不女，不阴不阳，必定是一个心理变态者，也必定裹乱添烦。由于他不能人道，全部的歇斯底里，就表现在对于所有正常人的仇恨上。有些嬖幸的近侍宠臣，虽然"那话儿"还在，可能由于和这班阉人接触太多的缘故，也会熏染出可怕的太监心理。

汉末的十常侍之乱，就是汉灵帝身边的十个太监，对国政民生的祸害。常侍，即太监中的官。这些人掌握朝政，滥权肆虐，卖官鬻爵，贪赃枉法，已经到了天怒人怨、举国同仇的程度，然而在汉灵帝刘宏的庇护下，两次诛宦，俱告失败，因为这位皇帝，驾驴车，好嬉闹，开宫市，做买卖，兴裸游，好淫乱，是一个不可救药的堕落分子，片刻离不开太监。甚至将十常侍之张让、赵忠，比作自己的父母。刘宏在位20年，是宦官在汉朝历史上最长的统治时期。

在中国历代封建王朝中，这些全天候包围着你，蒙蔽着你，困惑着你，麻醉着你，窒息着你，扼杀着你的宦官，一直到你失去使用价值后，既能够软刀子割肉不觉痛地消遣着你，也能够白刀子进红刀子出地结果了你，这就是历代宦祸的实质。为帝王者一旦成为宦官手中予取予弃的玩偶，玩转于股掌之上，这个王朝也会随之覆亡。东汉后期如此，唐代后期如此，明代的中后期当然也不能不如此。宦官之可畏可怕，就在于他们以唯唯诺诺的谦卑姿态，讨好主子，以低三下四的绵软身段，固宠求荣；以心领神会的马屁哲学，拓展实力；以言听计从的奴才精神，坐大成势；以混淆视听的蒙

三国志像，绣像
金批第一才子
书，毛声山评
点，金圣叹序，
清初刊本大魁堂
藏版

蔽手段，插足权力；以挑拨离间的卑鄙伎俩，
干预朝政；以严酷刻毒的报复心理，左右大局；
以欲壑难填的贪得无厌，影响决策。

　　历史，一页一页地翻过去了，宦官，早
已成为历史学上的一个名词；皇帝，也只是

在电视连续剧露脸的主角；宫廷，也只是百家讲坛那些名嘴们天花乱坠的谈资。但是，历史也是一面镜子，永远有着借鉴的作用。因此，在握权者的周围，在掌政者的身边，在肩挑重担的负责人的左右，在有钱有势的实力派的前后，会不会有类似宦官性质的小人，在巧言令色地加油添醋，在心怀鬼蜮地煽风点火，在居心叵测地施展阴谋，在处心积虑地唯利是图，倒是值得擦亮眼睛，提高警惕，严于律己，防患于未然的。

砖头瓦块可都敢成了精

西凉刺史董卓，陇西临洮人。《三国志》称他"有才武，膂力无比"。《英雄记》称他"数讨羌、胡，前后数百战"。但《三国演义》，出于平民意识，对于董卓这类残暴的军阀，一言以蔽之："董卓乃豺狼也"，便定性了。他生性残忍，狡狯狂暴，有豺狼食人之心，怀不轨叵测之意，是一个军阀野心家。

在中国历史上，每当封建王朝难以为继的末期，便群强崛起，争雄天下，谁胳膊粗，谁占上风，谁最野蛮，谁最优势。农耕社会的中原，常常很轻易地亡败在一个文化落后，经济落后，但却骁勇善战、民心强悍的外域异族手里，道理就出于此。

记得豫剧《穆桂英挂帅》中，有一句唱词很精彩。"这几年我未到边庭地，尔好比那砖头瓦块可都敢成了精。"董卓这个匹夫，由于长期在西北地区，与羌、胡少数民族周旋，深受蛮荒地区的粗野影响，就这样居然成了精，为西北一霸。本是一介武夫，粗鄙少文的他，在不停地较量角力、厮杀格斗当中，权欲与贪婪，复仇与疯狂，歹毒与罪恶，无耻与恶行，使他残忍不仁、桀骜不驯的性格，愈发变本加厉，总想进入中原河洛富庶丰饶之地，好一饱他贪婪的胃口，攫权的野心。加之，他手下有数十万来自边外的强兵悍将，也日思夜盼到内地来发一笔战争财。

三国志像，绣像金批第一才子书，毛声山评点，金圣叹序，清初刊本大魁堂藏版

灵帝中平五年，中央政权觉得他挟权自重，有异志，要这个独霸一方的西北王将兵权交给皇甫嵩，调京城任少府，他推托不就。第二年，又调他为并州牧，仍要他把兵权交出去，他再一次抗命。就在他任河东太守期间，恰逢黄巾事起，他不得不奉命征剿。可是，他这支部队，屠杀手无寸铁的老百姓和边民，是既残暴又凶恶的虎狼之师。可与黄巾军交战，既指挥失灵、无力杀敌，又抢掠平民、骚扰地方，他和他的队伍，几乎不堪一击，被黄巾军打得一败涂地。因此获罪，很倒霉了一阵。"朝议将治其罪，因贿赂十常侍幸免，后又结托朝贵，遂任显官，统西州大军二十万，常有不臣之心"。就这样，他成了精。

恰好，大将军何进当朝，听了袁绍的馊主意，调董卓进京，为己羽翼，清除十常侍。命令一到，正中下怀，董卓乐得嘴都合不拢，二话不说，立马开拔队伍，由河东直奔洛阳。这个野心勃勃的独夫，旌旗蔽日，戈戟遮天，穿邙山，跨黄河，直捣洛阳，那滚滚而来的一路风尘，充满杀气，便注定这座城市的末日来临。任何一个野心家，在失意的时候，在冷落的时候，在什么也捞不着的时候，在谁也不把他当回事的时候，那灵魂中的恶，便抑制不住地养成了对于这个正常世界的全部仇恨。若是一旦得逞，必定是以百倍的疯狂，进行千倍的报复。

黄巾也好，董卓也好，所有来自文明程度较低，物质状况较差的草根阶层，普罗大众，部落牧族，无业游民，一旦他们手里赶羊的皮鞭子，换成枪杆子，一旦他们手里的锄把子，换成印把子，对于被他们踩在脚下的城市，是决不留情的。

践踏，破坏，毁灭，焚烧，是他们发泄仇恨的唯一方式。尤其当他们拥有生杀予夺之权力、作威作福的能量，宣泄性欲之随便、聚敛金银之轻易，那是绝对不会客气，不会谦让的。

每个人的灵魂最隐私处，总是存在着善和恶的碰撞，甚至交战。善控制住恶，能成为一个正常的社会人。善若约束不住恶，必定如癌细胞扩散那样，愈演愈烈。当社会抑制不住恶病毒的蔓延，个别人的恶自然要发展为集团性的恶，而集团性的恶若被低智商、低素养、低理性的痞子先锋操控，必然便是一场不可收拾的人间悲剧。

提防愿意当儿子的人

第三回（下）：馈金珠李肃说吕布

　　董卓欲行废立大事，丁建阳拍案而起说不，面对强横，这等铮铮铁骨，令人钦敬。丁原实力雄厚，一是他的队伍兵强马壮，粮秣充足；二是他的主簿吕布，武艺超群，万夫莫敌。正史这样写的："吕布字奉先，五原郡九原人也。以骁武给并州。刺史丁原为骑都尉，屯河内，以布为主簿，大见亲待。"看来，"义子"说，是《三国演义》的演义了。

　　此人果如正史评价所言，"轻狡反复，唯利是视"，眼皮都不眨一下，就拎着老主子的脑袋，前来报到上班，脸皮都不红一下，成为新主子的干儿，跨上赤兔驰骋。转换门庭之快，卖主求荣之贱，叛变出卖之易，举刀下手之狠，吕布一出场，就演义出来这场杀父拜父的丑剧，让全洛阳的人都看傻了。

　　按照董卓的性格，当然是不可能饶了向他叫板的丁原，而"为人粗略"的丁原，也自是咽不下这口气，两强相遇硬碰硬，只有兵戎相见一道了。"次日，人报丁原引军城外搦战。卓怒，引军同李儒出迎。两阵对圆，只见吕布顶束发金冠，披百花战袍，擐唐猊铠甲，系狮蛮宝带，纵马挺戟，随丁建阳出到阵前。"在京剧舞台上，三国人物，扮相最为俊美者，莫过吕布。《凤仪亭》一出戏中，吕布在相府私会貂蝉，他又从叛徒犹大，化为爱情至上主义者，令人莫衷一是。吕布在历史中是一个被否定的人物，然而在文学中，在读者头脑中，却又并不完全被否定，这也许是人物复杂性格的多面性吧？吕布在《三国演义》里，是一个被塑造得十分成功的人物形象。极写他的勇，他的貌，他的情，他的无谋，他的多变，他认贼作父的无耻。然而在千古读者的心目中，他的飒爽英姿，却是最深刻，也是最突出的印象，这种读者的再创作，往往不是作者所能预计的。在所有吕布戏中，那白铠白袍的极帅小生一出场，观众无不喝彩叫好。

这一仗，由"吕布飞马直杀过来"起始，而以"董卓慌走，建阳率军掩杀。卓兵大败，退三十余里下寨"告终。

吃了败仗的董卓，终于明白，丁原好对付，吕布很难缠。不过，在他的字典中，这世界上没有不吃腥的猫，因而他也不相信吕布会忠胆赤心地保护丁原。于是，小虫子李肃出现了，他说他是吕布的朋友，他了解一点此人的秉性，只要主公肯出血，我有办法劝他归降："某闻主公有名马一匹，号曰'赤兔'，日行千里。须得此马，再用金珠，以利结其心。"哪有军人不爱马者，何况这样一匹名马？说到这里，董卓不免犹豫。他的女婿李儒，人很坏，心很毒，有谋术，善机变，见他踌躇不定，连忙上前进言："主公欲取天下，何惜一马。"

于是便有了赍礼攻心之举。劝降，无非诱之以利，动之以情、晓之以理，诉之以义，而利、情、理、义，自然可以作各式各样的变通，也可以作灵活理解的运用。但成功与否，常常不取决于说客的嘴巴多么厉害，而是在于你的投入能不

遗香堂绘像三国志，明末安徽新安黄氏刻本

能打动对方。李肃的高明不在言辞，恰恰是吃透了吕布此人见利忘义这一点。这四个字概括世间一切丑类的本性。奸诈的李肃，深知吕布浅薄，用不着绕圈子，一是金钱攻势（金珠玉带），二是物质诱惑（赤兔马），三是封官许愿（虎贲中郎将），四是挑拨离间（叛丁归董）。休看吕布有一身真功夫，却长了一个猪脑袋。其实，那赤兔马牵到吕布跟前，丁建阳就命悬一线了。"是夜二更时分，布提刀径入丁原帐中。原正秉烛观书，见布至，曰：'吾儿来有何事故？'布曰：'吾堂堂丈夫，安肯为汝子乎？'原曰：'奉先，何故心变？'布向前，一刀砍下丁原首级。"次日，"卓大喜，置酒相待，卓先下拜曰：'卓今得将军，如旱苗之得甘雨也。'布纳卓坐而拜之曰：'公若不弃，布请拜为义父。'"

杀了一个义父丁原，次日，又认了一个义父董卓。

动不动愿意给人当儿子的人，大都不是好货。以此类推，凡甘心服低，俯首帖耳，做乖巧谦逊状者，多半不怀好意。狼子野心，难以叵测，阁下你还真得小心提防才是。

看起来，凶巴巴的董卓，长的也是一猪脑袋，其智商也比吕布高不到哪里去。他怎么不想一想，吕布砍其第一个义父，就好比切西瓜，刀起瓜落，人头落地，焉知他日，这个义子会不会砍其第二个义父，也如法炮制呢？

致命的"龙床情结"

第四回（上）：废汉帝陈留践位

　　董卓终于废了一个皇帝，立了一个皇帝。自古以来，废立是最直截了当的全面控制政权的手段，虽要背些骂名，但值得一试。后来，曹操吸取董卓的教训，既不废立，也不夺位，以丞相之名，"挟天子以令诸侯"，成为中国历史上的独一份儿，那就更胜一筹了。

　　位极人臣的董卓，算是开了洋荤。从此，"赞拜不名，入朝不趋，剑履上殿，威福莫比"。《魏书》曰："卓所愿无极，语宾客曰：'我相，贵无上也。'"用格杀勿论的恐怖手段，把满朝文武镇压住，人人噤声，命若悬丝，再没有人敢说个"不"字。正史称："至于奸乱宫人公主，其凶逆如此。"那时，这个土包子最热衷的事情，莫过于每天入宫，奸淫宫女，夜宿龙床了。西凉鄙夫本是为追逐最高权力而来，当他在边陲当镇守使时，眺望大漠，远离繁华，人烟稀少，极目萧条之中，不知做过多少次的这种龙床之梦，现在总算如愿以偿了。

　　这个梦也曾经是鼓舞闯王军队冲锋陷阵的原动力。"迎闯王，不纳粮"，这个许诺物质利益的口号，对追随他们而称

三国志像，绣像金批第一才子书，毛声山评点，金圣叹序，清初刊本大魁堂藏版

为起义军的老百姓来讲，也就足够了。所以闯王进到北京后，许诺他的军士，从此天天过年。因为年是中国老百姓最快活的一天，而过年的最大快活是什么呢？莫过于吃饺子了。但李闯王忘了，饺子可以天天吃，年却不可天天过。一则姑妄听之的传说，李自成本可以坐 42 年江山，由于他犒赏部下天天过年，一天等于一年，于是他们只在北京城待了 42 天，就匆匆忙忙撤退了。

那些天里，大兵们吃饺子，找到了过年的感觉，那些将领们，并不满足于此。当初拎着脑袋，拼命厮杀，正是为了锦衣饫食、金银财宝、美女如云、妻妾成群的愿景。所以，他们一旦夺得政权，最急于付诸实施的事情，就是马上搂住大把美女，和抱住大罐金钱。否则，他们豁出一身剐，敢把皇帝拉下马，图个什么呢？革命，为成功；成功，不革命。这就是他们之只管眼前、罔顾将来的短见了。

一个靠天吃饭的庄稼人，最远从春天看到秋天，或者冬天，至于来年是个什么样的远景，则未必能够进行准确预卜了。因为未来的不可知成分太大，有可能风调雨顺、五谷丰登，但是老天爷要不开眼的话，颗粒无收，赤地千里，也说不一定的。因此，这种经济状况势必养成他的短视行为，得捞就捞一票，得抓就抓一把，谁能保证以后还有没有抓捞的机会呢。阿 Q 在土谷祠里做革命成功的梦时，要和吴妈睡觉，要摸小尼姑的脸，发展到要娶赵司晨的妹子。一方面是在等级社会里，森严的尊卑制度长期压迫，所形成的逆反心理作怪；另一方面，小农经济本是封建社会的生产方式，认为能够像帝王一样，拥有性特权，便是他们向往的人生最高享受了。

所以，富起来的农民，第一件事，盖一座刘文彩式的庄院；第二件事，修坟买棺，刻石立碑。图死后风光，是必办之事，这种姑且名之曰"龙床情结"的心态，只追求循环的轮流坐庄的满足，更无再多向往。

众人皆哭他独笑

　　董卓专权，实行恐怖统治，司徒王允以"老夫贱降"名义，邀公卿旧臣"到舍小酌"。大家心里当然明白，这一天并非王允生日，不过借此掩人耳目，共同商议对策罢了。等到客齐开宴，酒过三巡，主人一句"国事至此，如何是好"说罢，便泪下数行，哭了起来。"于是众官皆哭。坐中一人独抚掌大笑曰：'满朝公卿夜哭到明，明哭到夜，还能哭死董卓否？'允视之，乃骁骑校尉曹操也。"

　　打响反董卓第一枪者，正是曹操。

　　众人皆哭他独笑，说明曹操是政治家，理胜于情，志高于众，想得到与可能得到，想做到与可能做到，并非一码事，这其中，有时存在着非常悬殊的差距。君不见业已成势的董卓，皇帝是他拥立，军权在他手里，首都受他控制，朝廷系他掌握，一切公器都成为他的囊中物，要想通过正常途径，动用行政程序罢黜他，逐出京城，或是通过舆论压力迫使他自动逊位，交出权杖，根本就是痴人说梦。所以，曹操说，除了丢掉幻想，准备斗争外，别无出路。而且，他愿意以身示范，走出第一步，献刀行刺，擒贼先擒王，为天下先。

这是何等的壮怀激烈啊！

万事开头难，就凭这发轫之功劳，开端之勇气，都应该为曹操大写一笔的。但《三国演义》一书，出发点是在"汉贼不两立"的民间立场上，与《三国志》所持的正朔观点截然不同。对于曹操，能抹黑处绝不吝笔墨，所以对其借献刀之名，干行刺之事，这类视死如归的丈夫气概，浩气不凡的英雄行为，则惜墨如金。相反，对他逃出罗网，避开巡逻，潜行乡野，误杀吕伯奢一家，则大肆夸张，尽量丑化。所以，在京剧舞台上，曹操那张白脸奸臣之相，实乃《三国演义》这部章回小说给抹上去的。

文人之所以被统治者不待见，不喜欢，不高看，不宽容，就因为这种春秋笔法，寓褒贬于字里行间，不显山，不露水，一字千钧，斩钉截铁，八辈子休想翻身，实在是太影响视听了。

曹操的那句名言"宁教我负天下人，休教天下人负我"，从此成为恶谥，也给曹操定了性，使他千古遭人咒骂。因为中国的儒教文化，就有"宁人负我，我毋负人"的自我牺牲精神在内。其实，即使在物质相对贫乏的原始社会里，人欲尚不到横流的地步，就出现过那种互相倾轧，尔虞我诈，势不两立，不共戴天的人吃人的现象。儒家所追求的忠孝仁爱礼智信，是要在一定的物质基础上，还要在一定的时间基础上，才能成气候。在此之前，这种美德也多半属于憧憬，止于期待，何况在那种血肉纷飞的战争时代，何况在那人人自危的恐怖世界，焉有不负之理？只不过在程度上各人有所不同罢了。

细想起来，曹操敢这样做，敢这样说，不也光明坦荡，

三国志像，绣像金批第一才子书，毛声山评点，金圣叹叹序，清初刊本大魁堂藏版

心口如一，不失英雄本色吗？比之那些实际上如此行事，偏又做出一番假张致，满嘴文章道德，甚至还流出两滴鳄鱼泪者，要高尚得多，堂皇得多。老实讲，干出类似杀吕伯奢这种事的，曹操非第一个，也不是最后一个。可他说

了这句话后，倒使后世仿效之徒，前有车，后有辙，讨了个心安理得，少了许多内心纷扰。于是古时上自领袖群伦者杀功臣，戮贤良，下至一般干部者卖主子，叛亲友，便以自己生存为理由，放开手脚地去干了。

有胆有种的曹操，敢于打出第一枪，了不起。以献刀为名，行刺董卓，《三国志》称曹操"少机警，有权数，而任侠放荡"。这种行刺的事，也只有他干得出来。少年气盛，青春旺发，是很容易生出这种浪漫主义的激情来的。逃亡途中，警惕过度，将信就疑，而处于高度紧张中，草木皆兵，因错误判断，为脱身求全，错杀吕伯奢一家，也未必不是情有可原的，否则，《捉放曹》的陈宫，也不会与他一起开了杀戒。陈宫后来放弃与曹操合作，分道扬镳，也是觉得阿瞒杀了又杀，斩草除根，也忒无情狠绝了些。

可别忘了，这正是曹操的机警之处，不得不防患于未然也。

以门第出身定尊卑贵贱

第五回（上）：发娇诏诸镇应曹公

　　曹操发起的讨伐董卓的十八路诸侯联盟，义旗还未高举，这班聚合在一起的大小野心家，内部开始不和，没有打上两仗，自家阵脚就先乱了起来，这是所有苟合组成的阵营，总是要发生的事情。民谣说过，一个和尚担水吃，两个和尚抬水吃，三个和尚便没水吃了。为什么如此？苦乐不均，劳逸不等，有人便挑肥拣瘦，抓尖卖快；利之所趋，害之所避，有人便见风使舵，顺水推舟；粥少僧多，狼多肉少，有人便巧夺豪取，先得为快；大祸临头，艰难时刻，有人就三十六计，走为上策。在这个世界上，两条狗，二十根骨头，是打不起来的；二十条狗，只有两根骨头，就不会有太平日子了。

　　《三国演义》这部小说的头一句脍炙人口的话，"分久必合，合久必分"，应该说是我们中国人数千年看透世事的哲理结晶，若细细从历史和现实去品味的话，这八个字可以说是参透沧桑变化的精髓之语。我们常常看见同坐一张饭桌上的人，觥筹交错，酒酣耳热，干杯频频，信誓旦旦，简直像一奶同胞般的亲密，可是，未必见得席终人散后，那份称兄道弟的情谊仍在。什么八拜之交，换帖之谊，该翻脸一样翻脸。

三国志像，绣像金批第一才子书，毛声山评点，金圣叹序，清初刊本大魁堂藏版

由于从西凉来到洛阳的董卓一下子改变了游戏规则，众诸侯不干了，便联合起来反董。这其中，除了曹操有政治头脑和战略远见外，其他十七个镇参与会盟的刺史、太守，主要因为气愤董卓一人把整桌筵席全吃了，连残羹剩饭也不赏一口，才带兵来会盟的。

因此，此次讨卓，积极性最高涨的是曹操，革命性最坚决的是曹操，组织才能、领导水平最出色的也是曹操。实际上，他是灵魂，他是思想库，他是统帅人物。可他觉得自己出身不好，官品也低，于是犯了一个可说是不得已的错误，把统帅的位置拱手让给了袁绍。曹操有他的难处，他要是自荐为盟主的话，因他祖父是中常侍，还是宦官，众诸侯未必会齐声曰"非孟德不可"了。所以，在联盟誓师大会上，刘、关、张三位，连个凳子也不得坐，只有站在公孙瓒身后的份儿。可见门第出身，以定尊卑贵贱的观念，流毒之深，为患之广了。

门阀制度的九品中正始自曹操的儿子曹丕，但门第所构成的封建等级观念，是维护封建统治的不成文的精神支柱，由来已久。西汉魏晋，登峰造极，直到隋唐，余风不减。所谓"旧时王谢堂前燕"的琅琊临沂王氏，陈国阳夏谢氏，以及山东崔氏，吴郡陆氏等，都在表明名门望族的高贵地位。不过是很无聊的炫耀，及至"飞入寻常百姓家"的衰微黍离时期，便成为贻人笑柄的破落户而已。

袁绍凭什么当盟主？不过"四世三公，门多故吏，汉朝名相之裔"罢了，其实一手策划此次讨董行动的，是曹操。他推出袁绍当领袖，说明他顾全大局，袁绍对于刘、关、张那傲慢轻视的德行，相比之曹操，"暗使人赍牛酒抚慰"，就看出一个何其草包，一个何其精明。但精明人组成的这个反董统一战线，将领导权交到这个草包手里，其前途也就可想而知了。

没有不散的筵席

第五回（下）：破关兵三英战吕布

　　《红楼梦》里有个小红，是贾宝玉房中的三等丫鬟，是个小人物。但人微言并不轻，她说过的一句"千里搭长棚，没有不散的筵席"，却是寓含着很深刻的分合聚散的辩证逻辑，值得人们深思。其实，在人际关系中的任何一种形式的结合，都难逃脱由合而分、从聚到散的客观规律。有这分清醒，要比被表象蒙住，最后得到的是失望强些。而政治上，或者经济、军事上的联盟，这种权力、金钱、枪杆子的盛宴，就更需一个冷静的头脑了。自古以来，这世界上，合纵也好，连横也罢，从未有过永远的合作。再神圣的同盟，也是势所必然地由牢不可破，到分手再见。只有利益，使大家能够坐在一起，也因为利益，最终还是要分道扬镳。

　　所以，任何一个政治的、军事的，乃至工商界、文化界的具有集团性质的联合体，不管打出来的是什么样子的招牌，通常是为了应付对抗势力才形成的，实质无非"合纵连横"四字。当强敌压境，形势严峻，存亡危机，朝不保夕时，内部倒也能各自收敛，相安无事，共同御侮，精诚团结。一旦外部压力减弱，双方保持平衡，形成相安局面，或许略占优势，人便习惯性地要不安于位，要表现自己，要争权夺利，要制造分裂。英国前首相哈罗德·麦克米伦曾对美国前总统尼克松说过："联盟的维系是靠恐惧而不是靠热爱。"由于董卓的血腥统治，迫使诸侯们要团结起来对付这位暴君。但是，董卓没有被打倒，扔下一根骨头往长安去了，这帮诸侯倒进行了一场狗咬狗的游戏。当初，他们誓师时那股不灭董贼，决不朝食的慷慨激昂之心，全飞到九霄云外去了。这场筵席，甚至还未举起筷子，就已经散了。

尤其那些无大作为，无大志向，入伙本为分红而来者，更善于在内部造地震，搞动乱。所谓内战内行，外战外行，就是这些最爱进行狗咬狗游戏者的拿手本领。袁绍、袁术，近乎此。

一出戏，没有丑角，是很冷清的。因此，历史呼唤英雄的同时，也会招来跳梁小丑。大概每个时代，都会有这类出点洋相、闹点笑话的宝贝，否则，一部历史书就显得太沉闷了。袁绍此人，志大才疏，色厉内荏，好大喜功，优柔寡断，恃一块高干子弟的牌子，目空一切，狗屁不成。在《三国演义》中，是被描写得相当成功的一个人物。而袁术，就更是菜鸟了，不过仗着老子的余荫，依赖先人光荣，食采封邑，衣冠盛事罢了。其实乃一对难兄难弟，都属范范之辈。

在曹操眼中，袁绍曾经是庞然大物。一、"四世三公"的"家族"背景；二、"冀、青、幽、并"的地盘"实力"；三、折节下士的"优雅"名声；四、登高一呼的"领袖"风度，这些使得曹操一时不得不买他的账。结果，袁绍还真不谦让，一朝权在手，便把令来行。"吾弟袁术，总督粮草。"草包物

色草包，这一点不必讶异。过去如此，后来也
未必不如此，这就是中国人汰优存劣的传统了。
俗云，武大郎开店，不挑比自己个子高一点的，
就是这个意思。更何况兵马未动，粮草先行，

三国志像，绣像金
批第一才子书，毛
声山评点，金圣叹
序，清初刊本大魁
堂藏版

别看这哥儿俩智商很低，脑汁很稀，肥水不流外人田，很是明白的，粮草必先掌在自己人手中。袁术当了后勤司令，谱更足，架更大，当关羽温酒斩华雄后，张飞呼喊：何不一鼓作气，活拿董卓？袁术当即摔脸：你是一县令手下小卒，"安敢在此耀武扬威！"曹操则不这么看："得功者赏，何计贵贱乎？"

所以，后来在官渡大战中，曹操敢以两万左右的兵力，对峙十万袁军，经过一年鏖战，以其非凡的才智和勇气，写下了他军事生涯中最辉煌的一页，成为中国战争史上以少胜多的范例。应该说，这最初的交手，曹操就把袁绍看扁了。

原本乌合之众，如今各怀鬼胎，行动毫无章法，结果一事无成。不作鸟兽散，又能有何作为？所以，悟透一些分合聚散的辩证逻辑，对世间万象多一层理解，不也是件益智的好事吗？

该点天灯的独夫

第六回（上）：焚金阙董卓行凶

　　人们习惯把汉代分为西汉、东汉，就因为其首都，一在长安，一在洛阳。

　　洛阳，从汉光武帝刘秀定都时起，到三国时，也有二百多年的经营历史。华宫宏殿，芳园秀苑，繁街闹市，良驷华轩，其规模并不亚于长安。在东汉张衡的《两京赋》中，对洛阳当年富丽堂皇的盛况，是很赞美了一番的。但经过东汉末年，董卓的这一把火，蔚然王气的洛阳，一国首善之区，曾经有过数十万人口的大都市，只残留数百户人家，岂不哀哉？历史上不止一次出现过野蛮灭绝文明的大倒退，董卓迁都长安而焚洛阳，就是非常典型的一次。"火焰冲天，黑烟铺地，二三百里，并无鸡犬人烟"，这把火比起秦末那位输急了的项羽，在阿房宫放的一把火，烧了三个月也不灭的气势，可能差一点点。但其残暴程度，则有过之而无不及。董卓杀富户，徙贫民，富者获死于非罪，贫者取毙于徙途，即或幸免者，也难逃虎狼之军的蹂躏践踏。于是，河洛一片焦土，赤县千里，数劫不覆。

　　曹操在他《薤露》一诗中，这样描写迁都的情景："播越

三国志像，绣像金批第一才子书，毛声山评点，金圣叹序，清初刊本大魁堂藏版

西迁移，号泣而且行，瞻彼洛城郭，微子为哀伤。"在《蒿里行》一诗中写了灾难以后的惨状："白骨露于野，千里无鸡鸣，生民百遗一，念之断人肠。"

老实说，董卓这类野心家是无论如何不会靠自己的真本事、真功夫、真能耐，去获得自己想要的一切的，可是他们又非常之想得到这一切，只能靠非正当手段或凭借外力去攫取。谁教何进、袁绍给他这个机遇呢？他废黜皇帝，杀戮大臣；他搜刮财富，奸淫妃嫔；他屠灭百姓，草菅人命；他自迁相国，位极人臣。狼子野心加小人嘴脸，豺虺之性加睚眦必报，这个独夫，成为一个充满兽性的杀人狂。"卓以山东豪杰并起，恐惧不宁，初平元年二月，乃徙天子都长安。""卓部兵烧洛阳城外面百里，又自将兵烧南北宫及宗庙、府库、民家，城内扫地殄尽。又收诸富室，以罪恶没入其财物；无辜而死者，不可胜计。"

野蛮的精神基础是全民族的整体愚昧，是对于文化、文明、知识、科学的全部成果的憎恨、恐惧。加上暴君、专制、严酷的高压统治，和物质生活的贫穷匮乏，社会的封闭与不开化，以及神、人双重迷信的泛滥，和极端的思想禁锢，必酿成可怕的具有毁灭性的历史大反动。在几千年历史中，作为这股盲动力量的前锋人物，几乎无一不是充满报复狂的不可理喻的心理变态者。

毁掉洛阳的他，到了长安，变本加厉，"法令苛酷，爱憎淫刑，更相被诬，冤死者千数。百姓嗷嗷，道路以目"。董卓杀人无算，恶贯满盈，最后被其义子吕布刺死。恨透了他的百姓，"暴卓尸于市。卓素肥，膏流浸地，草为之丹。守尸吏瞑以为大炷，置卓脐中以为灯，光明达旦，如是积日"。

尽管董卓的下场很难看，可地球上始终也没断了这类该点了天灯的独夫。

都是玉玺惹的祸

　　正统论是中国儒家礼教中巩固王权的理论武器。司马光在《资治通鉴》一书开端说："呜呼！幽、厉失德，周道日衰，纲纪散坏，上陵下替，诸侯专征，大夫擅政，礼之大体十丧七八矣！然文、武之祀犹绵绵相属者，盖以周之子孙尚能守其名分故也。""是故以周之地则不大于曹、滕，以周之民则不众于邾、莒，然历数百年，宗主天下，虽以晋、楚、齐、秦之强不敢加者，何哉？徒以名分尚存故也。"

　　弱得不能再弱的周，能够位于诸王之上，就在于他拥有宗主国的名分，这就意味着正统所在。作为统治天下的象征物，传国玉玺，在他手中握着，他就是真命天子。强得不能再强的诸侯，印子不把在手里，就不能不买账。这就明白后来那些从芝麻小官到当朝一品，为什么死握着手中那枚章不肯撒手，赖着不走的原因了。这些权力的象征，不仅是精神支柱，更是物质力量，有了它就有了一切，没有了它也就没有了一切。所以人被权力异化以后，这种印章拜物教的出现，是一点也不奇怪的。

　　传国玉玺如此，小小单位的一块公章也如此。清末，有个文人叫樊樊山者，曾经暂时任护理两江总督一职，恰逢辛亥革命发生，他抱着官印，逃往上海。后来接任者到位，他死活也不肯交出这颗官印，直到袁世凯称帝，他才献出官印，讨了不少好处，这就是最典型的，也是最有笑话

三国志像，绣像金批第一才子书，毛声山评点，金圣叹序，清初刊本大魁堂藏版

的印章迷了。所以，怀揣传国玉玺的孙坚，如樊樊山那样，赶忙要离开洛阳这是非之地。

那时的孙坚，初次露面，只是一员逞匹夫之勇的战将，而且，还是一个想借中原大乱之机，走出江东，捞一点实惠的小小野心家。此人，武艺不是太高，太高，后来也就不会失手，死于非命。谋略不是太强，太强，也不至于因偶然得之的传国玉玺，遭到多路诸侯的围殴。他之所以抱住这块玉玺不撒手，一是他屈居江东，未必没有伸展扩张之志，进入更高层次的政治赌局，也是他此次带兵进入洛阳的动力。二是他祖上不过江东乡下一土豪耳，虽然钱多粮足，兵强马壮，但在中原那些勋贵高门眼里，不过是一土得掉渣的暴发户而已。所以玉玺到手，他便大喜过望，若是天牖其衷，谁能料到江东孙家，有此玉玺，不出一个真命天子呢？

看起来，董卓的女婿李儒，作为董卓的智囊，有其高明之处，进行这样一次大规模的战略转移，不可说他是无见之辈。第一，此次西迁，更靠近了董卓经营多年的陇西大本营；第二，丢下一块骨头，放弃烧成焦土的洛阳，让山东诸侯去争夺厮杀，果然，袁绍、韩馥、公孙瓒、孙坚、刘表就打了个不亦乐乎。最滑稽的，打到最后，大家把主题丢了，董卓到长安一边凉快去了。这边，却因从井中捞出来的一颗传国玺，各路诸侯，哄然而起，一致对准孙文台，南北夹击，东西围剿，不打董卓打孙坚，更加剧了这场狗咬狗一嘴毛的鸡争鹅斗。

孙坚本想捡个便宜，偷着乐，但世上哪有不透风的墙呢？这些觊觎天子名位的印章拜物教徒们，能让孙坚得此便宜吗？

立马，一个个眼睛发绿，刺刀见红，死磕孙坚，没完没了。首先，他的左邻右舍，一个刘表，一个黄祖，就不能放过他，三番五次，兴兵启衅，最后孙坚终于因为逞一时之强，死在乱箭之中，"寿止三十七岁"。他的继承人孙策，倒是比其父有头脑得多，守一方之主，余愿足矣！那块玉玺也给了别人做抵押品，他只想稳保江东，偶出渔利而已，再无宏图大志。裹足中原，这也是后来东吴的基本国策，而且始终也未背离。

　　在魏、蜀、吴组成的三国中，人称魏得天时，吴得地利，蜀得人和，然而，魏禅于晋，为221年，蜀降于晋，为263年，吴并于晋，为280年。看来，有大志气，必须有大实力，方能做大事情，这是曹操。无大实力，纵有大志气，也做不了或做不好大事情，这是刘备。而像孙权，无大实力，也无大志气，因而也就不做什么大事情。这样，吴国的存活，竟比魏多59年，比蜀多17年，这其中没有什么值得思考的吗？

人物出场的考究

第七回（上）：袁绍磐河战公孙

　　《三国演义》的人物出场，很有考究。公孙瓒在磐河与袁绍大战，不幸"其马前失，瓒翻身落于坡下，文丑急捻枪来刺。忽见草坡左侧转出一个少年将军，飞马挺枪，直取文丑"。正当公孙瓒处于不死即降的危殆状态下，将军由天飞入，为其解围，转败为胜。常山赵子龙就是这样突如其来，亮相于读者面前，那"身长八尺，浓眉大眼，阔面重颐，威风凛凛"的形象，令人眼前一亮。

　　章回小说，脱胎于话本，话本，始源于说书。书，在读者手中拿着，没看明白可以翻回去再看，听鼓书艺人的话，就没有这种可以回放的自由。所以，像赵子龙这样事先没有铺垫，没有预报，就跳出来的角色出场法，通常不大采用。

　　我们从此书第一回刘、关、张的出场，便可知道人事科长介绍履历时，那种不厌其烦的唠叨，是中国古典文学作者最惯用的表现手法。曹雪芹是大师了，但他也难能免俗地通过一个名叫冷子兴的古董商，来演说荣国府，从贾老太太说起，到贾赦、贾政，到贾宝玉、王夫人，到王熙凤、贾琏，以及其他各色人等。啰里啰唆、麻麻烦烦，所有初读这部名作的读者，都会一翻而过，不耐细看的。难道曹雪芹会不明白这样的出场写法，既笨拙又不讨好吗？难道文学大师曹雪芹不会写或写不来，更有文学意味的人物出场了吗？就在接下来的林黛玉进府的那一回，见了众亲眷后，只听着一声笑语："我来晚了"，然后大家忽地静下来时，王熙凤从院子里走进堂屋里。人未至而声先到，言未至而笑已闻，这才是曹雪芹的真本事。特别是众人鸦静中走进来一位花枝招展的王熙凤，那情景，那画面，让不在场的你，有身历其境的体验。这才是大师不弱的表现能力，他之所以随俗，写《冷子兴演说荣国府》，也是因为这种文学体裁的受众，自古以来就是听书而非读书，从而形成的老规矩。

罗贯中写刘备，"生得身长七尺五寸，两耳垂肩，双手过膝，目能自顾其耳，面如冠玉，唇若涂脂"。写张飞，"身长八尺，豹头环眼，燕颔虎须，声若巨雷，势如奔马"。写关羽，"身长九尺，髯长二尺，面如重枣，唇若涂脂，丹凤眼，卧蚕眉，相貌堂堂，威风凛凛"。我认为《三国演义》对刘、关、张的身高，如此在意，并不一定是罗贯中的特别关注，而是那些说书人用以反衬曹操之矮的夸张手段，罗不过是沿用而已。只要一看曹操第一次亮相，便知端的。"忽见一彪军马，尽打红旗，当头来到，截住去路。为首闪出一将，身长七尺，细眼长髯。"读到这里，就明白这部小说，为什么要让刘备身高七尺五寸，张飞身高八尺，关羽身高九尺，就是为了衬托曹操的"身长七尺"呀！这不禁使我想起"文革"样板戏盛行时，一位擅长演反面人物的演员，所讲过的令他哭笑不得的往事了。因他身材高大，而演一号正面人物的演员，稍稍矮他一头，

三国志像，绣像金批第一才子书，毛声山评点，金圣叹序，清初刊本大魁堂藏版

虽然想尽办法，如穿高底鞋，如化装术等，加以补救，但上得舞台，仍然有反面人物高过正面人物之感，上级领导不满意，革命群众不答应，导演换不了人，戏还得演，只好让这位演员，每次上台，弯腰煺背，屈膝弯腿，以降低高度，每场戏下来，他都苦不堪言。

事后谈及此事，大家当然也都付之一笑，殊不知人称矮子的拿破仑·波拿巴，曾经让整个欧洲臣服于他呢！

在《三国演义》这部书中，赵云胆识俱佳，超人一筹，忠君保主，百战不殆。所以人称赵子龙浑身是胆。元杂剧中，关汉卿在《单刀会》中有"赵子龙胆大如斗"之句，在《襄阳会》《黄鹤楼》《隔江斗智》等近十本杂剧中，赵云都作为较重要的角色出场。

他的一生，光明磊落，无半点可指摘挑剔处。政治意识高蹈，武艺万军莫敌，以他为主角的京剧，就有《磐河战》《借赵云》《长坂坡》《取桂阳》《截江夺斗》《龙凤呈祥》《阳平关》《凤鸣关》等部，可见他在中国人心里，是多么的受尊崇了。

给陈腔老调画上休止符

第七回（下）：孙坚跨江击刘表

"龙生龙，凤生凤，老鼠的儿子会打洞"，是一曲常常重弹的老调子。在中国，从古至今，持血统论、出身论、成分论的人，总是络绎不绝的。这大概和长期的封建社会中那种不变的世袭制度有关。一个例外，就是三国期间的大政治家曹操，倒是历史上不大买这种老调子账的帝王，着实让人钦佩了。而与他同时期的刘备，心理状态则不同，他是想方设法要跻进贵族队伍中去的。这位织席贩屦的手工业者，自己颇有点自惭形秽，穷酸窘迫，深感上不了台面的。于是，总抱住皇叔这块招牌不放，到处显示他形迹可疑的贵族出身，又可笑，又可怜。所以，一听太史慈说，孔融求他出兵，马上得意起来，"孔北海尚知世间有刘备乎？"一脸飘飘然的样子，很觉得被这位大世族看重而自豪。后来，被东吴招为驸马，也是以皇叔的身份，去攀附江东贵族高枝的，说明刘备心灵是被这种老调子震慑住了。

皇帝的儿子当皇帝，贵族的儿子做贵族，奴隶的儿子，也就永远是奴隶了。古往今来，凡皇帝、贵族和他们的儿子，都喜爱唱这老调子，说穿了，也是维护那个等级制度的既得利益。

曹操则不然，他并不期求那分高贵。在《让县自明本志令》里，他只要求死后在墓碑上刻上"汉故征西将军曹侯之墓"就行了。虽然作为谋略，把女儿嫁给了汉献帝，当上了皇帝的岳父大人，但他从来没为此而自炫过。孔融在北海混不下去，跑到许都来，曹操也没有像刘备那样觉得荣幸，后来，因为孔融老是捣乱，还不客气地将他杀了。根本未把孔子世家当回事，说不定正因为孔融是士族的代表人物，才要了他的命的。煮酒论英雄时，曹操把袁绍、袁术、刘表之类出身名门望族的州牧，统统否定，倒把平民出身的刘备抬得很高。曹操的言论，是一种对门第观念的否定。

因为自秦汉以来，这种门阀观念使得选拔人才的圈子，越来越狭窄，进取的机遇，越来越不公平，单向选择的结果，是官员的质量越来越下降。所以，对于这种尊卑贵贱的等级制度，曹操是一个具有挑战精神的人。他一再发出命令，要求各部门不拘一格地擢用人才，哪怕像陈平盗嫂受金，不干不净，疑似信誉不佳的人；像白起杀妻求信，母死不归，贪酷可疑的人，只要有本事，就要予以提拔。

曹操从他早年任洛阳北部尉起，就反豪强、蔑权贵，表明了他对这种老调子的厌恶。"初到任，即设五色棒十条于县之四门，有犯禁者，不避豪贵，皆责之。……后数月，灵帝爱幸小黄门蹇硕叔父夜行，即杀之。"

十八路诸侯讨伐董卓，由于袁绍无能，袁术作乱，遂以四分五裂告终，曹操气得直骂："竖子不足与谋！"看来，他对这些没有真本事的名门子弟，是彻底唾弃了。他在《敕有

遗香堂绘像三国
志，明末安徽新
安黄氏刻本

司取士毋废偏短令》里强调："夫有行之士，未
必能进取；进取之士，未必能有行也。""士有
偏短，庸可废乎！"他之所以特别强调唯才是
用，不讲德，不讲资，也不讲出身和成分，是
有他的道理的。

按他的意思，即便是老鼠的儿子，如有打洞之长，也要起用。他的一生中，招降纳叛，不咎既往，大胆使用从敌对阵营投奔过来的文臣武将，不可胜数。譬如他对捉住的关羽，那样地隆重礼遇，恐怕此前此后的领导人，都很少有他这样的气度。另一方面，他对付皇帝、贵族、豪强和士的代表人物，则是不遗余力地打击。在《诛袁谭令》里声言，"敢有哭之者，戮及妻子"。将袁绍、袁术这个名门望族，一点也不留情地斩尽杀绝。在《宣示孔融罪状令》里说，"融违天反道，败伦乱理，虽肆市朝，犹恨其晚"。从舆论上把这个大士族分子搞臭。在《赐死崔琰令》里说，"琰虽见刑，而通宾客，门若市人"。杀一儆百，对整个士族集团发出警告。一直到他临死前的建安二十三年，都城许昌发生一次由士族不满分子发起的动乱，他又疯狂地加以镇压，几乎夷灭了全城的豪贵，从而为他儿子接他的班扫清了障碍。

刘禹锡的诗，"旧时王谢堂前燕，飞入寻常百姓家"，正是这种老调子的反弹，每个时代总有它自己的声音，那种悖谬的陈腔老调，大概早晚要画上休止符的。

最古老、最奏效的计谋

　　《三国演义》可以说是中国有史以来用文学手段，讲授计谋的唯一一部不但空前，而且可能绝后的书。同时，用不着谦虚，这部书，在世界文学之林里，也是这方面独一无二的教科书。

　　至于《三国演义》里到底有多少计谋，还未有专家统计出来。因为书中有的计谋是标明的，有的则未加标明；有的标明为计的，不见得都能成功，有的未标明是计者，倒也未必会失败；有的计谋虽然得到成功的效果，但最终的结局，却是失败，如孔明的"出师未捷身先死，长使英雄泪满襟"。有的计谋使对手坠其陷阱，但命运倒帮其死里逃生，如司马父子的上方谷侥幸脱难，未被烧死。《三国演义》这部书，之所以受到政治家、军事家的青睐，就因为它提供了大量的在计谋成败全过程中的经验教训。

　　连环计，是《三国演义》这部书中，被正式称之为计的第一计，以美人为引爆器，虽属于一种很原始的古典伎俩了，既不需要学问，也不需要武器，只要能随着时代变化，更新手段，就能极富生命力，而永远管用，永远有效。此计是人类所有计谋中，最老牌，最为广泛运用，而且绝对能够获胜的计。笑靥多情，回眸春生，是无往而不利的通行证；玉体横陈，千娇百媚，则是攻无不克、战无不胜的超级武器。我们看过许多间谍影片，美人计常常是最奏效的制敌求胜之法。希区柯克导演，英格丽·褒曼主演的好莱坞影片《污名》，中国人翻译过来，索性就用《美人计》作为影片名。这一切说明了这个借助于女人魅力而取胜的计谋，是不用太多的本钱的最佳陷阱。不可一世的董卓，不就最终死于貂蝉的软刀子底下吗？

王允不是第一个使用美人计的人，自从人类懂得可以靠权力获取情欲的满足、美色的占有以后，此计便出现了。当原始社会部落之间处于互相劫掠的战争中，被掳夺的一个美丽女俘，懂得向征服者粲然一笑，就能够改善一下自己囚徒命运时，这大概就是最早使用美人计的大师了。千百年来，权力可以得到金钱和女色，金钱能够买到女色和权力，同样，女色也能换来权力和金钱。于是，这种潜规则，乃人类社会黑幕交易的三大杠杆。特别对于中国农民政权的统治者来说，美人计最能让那些昨天的庄稼汉，乖乖地举起双手来。

明人李贽评点《三国演义》至此，大声赞曰："妙哉，貂蝉吾之师也，佛也，佛也。"他心目中的佛，有大智慧，具大无畏，敢大作为，履冰临深，举重若轻，敢做别人不敢做的事，敢冒别人不敢冒的险，担负如此使命的貂蝉，倒也当得起李卓吾先生的评价。王允的连环计，其实就是美人计而已。所谓连环，无非用貂蝉作诱饵，同时引诱吕布和董卓上钩。用现代的语言来说，就是用一枚糖衣炮弹，去击中两个目标，一石二鸟，少花钱，多办事，是一种经济实惠的做法。

此时的王允，头脑清醒，手段高明，精于表演，游刃有余。周旋于董卓、吕布之间，沉着冷静、滴水不漏，不愧为大师级的操盘手。他深知这两个武夫荷尔蒙太过剩，美女一定会催发他们像发情动物那样冲动起来而不顾一切。果然，美女貂蝉一旦入局，这两个四肢发达、头脑简单的家伙，便表现出强烈的性冲动，争风吃醋，反目成仇。看董卓在凤仪亭和他的干儿子吕布为貂蝉，互掷方天画戟，差一点像西方人那样决斗起来，还真有点爱情至上的味道咧！

美人计，虽然属于一种很古典的，也很原始的伎俩，但也是极富生命力的计谋。所以，中外古今，无不广泛运用，鲜有不成功者。在这部讲计谋的教科书里，把这个以女色取胜的计谋，最早托在盘子里端上来，恐怕也有一点推荐的意思。这是一个以最少投入，获取最大产出的计谋，何乐而不为呢？

一笑倾城，二笑倾国，武力不能解决，文明不能征服的西凉鄙夫董卓就倒在这里。一位美人，把十八路诸侯没做到的事做成了，使这个穷凶极恶的军阀，身首异处，陈尸街衢。

男人世界中的女人

　　董卓碰上这位小女子，顿时白痴，"此真神仙中人也"，傻了。看来，从古至今，凡采用美人计者，鲜有不成功者。探其原因，凡男性，那种属于雄性动物本能的占有欲、独霸欲、性侵欲、发泄欲压倒一切时，便失去自我，必定要跌入色情陷阱而不能自拔。

　　计谋有高低成败之分，即使是计谋大师如诸葛亮者，也有失算的时候，因为计谋实施的全过程，或因天时不顺，或因执行不力，或因环境改变，或因细节瑕疵，林林总总，稍有闪失，便全局皆输。但自古以来，凡采用美人计者，鲜有不奏效者。探其原因，并非所有女人，都有善于表演的才能，都具有从事间谍的天赋，都具有如貂蝉那样的能耐。貂蝉称得上才貌双全、色艺俱佳、国色天香、人间极品，她的一颦一笑能摄人心魄，又巧于应对、周旋自如，可以一下子抓住你这颗心，捕获住你这个人，达到了不露声色、炉火纯青的程度。即使那些姿色一般、气质平凡、貌不惊人、身材粗俗的女性，只要工于心计，擅长诱惑，不是美人的美人，同样也可能是美人计的主角，而取得成功。

为什么从古到今，英雄难逃美人关，为什么打出女人牌，总是屡试不爽，每攻必克呢？因为，说到底，作为计谋实施对象的男人，大多是和董卓、吕布差不多的好色之徒。

这些性欲发达、春心大动、激素充足的血肉之躯，总是像贪嘴的猫一样，见了鱼，忍不住要扑上来的。所以，这种针对男人基本弱点而实施的计谋，令女间谍这一行业应运而生，

遗香堂绘像三国志，明末安徽
新安黄氏刻本

年画，凤仪亭，天津杨柳青

而且请记住，这是一门永远不会冷落，也不会衰败的行业。

为了貂蝉，一支方天画戟在两个蠢夫间夺来抢去，这是这次美人计最下乘的表演了。换作稍有头脑者，王允未必得手。所以，不是王司徒多么高明（他其实也并不高明），而是这两位层次太低。说实话，也就这两位智商低的角色，可以如此愚弄耳！现实生活中的对手，绝非这样白痴。人类在不断的进步当中，今日之董卓和当今的吕布，有政治大前提在，决不会为一女人伤了和气，大动干戈的。古人之可敬，他真为他喜欢的女人拼命，今人之绝对现实主义，被异化得可无一点男人的血气，或更可悲。

据考证，唐代天文学著作《大唐开元占经》一书中，引用失传的《汉书通志》，有这样一句话，值得关注："曹操未得志时，先诱董卓，进貂蝉以惑其君。"按照《曹瞒传》，称其"好音乐，倡优在侧，常以日达夕"来看，他将一个美丽的歌舞伎献给董卓，以达到实行美人计的目标，也不是没有可能，以他献刀行刺一节判断，曹操倘没有与董卓过密的交往，能够随便出入相府，轻易登堂入室吗？但在历代《三国演义》作者拥刘反曹的思想指导下，对史料加以取舍，张冠李戴，曹操自然没份，便成为王允的荣光了。历史这东西，尤其经过演义之后，有其可信处，更有其相当不可信处，所以，古人这才发出"尽信书不如无书"的感慨吧？

当王允将貂蝉引见给这位相国时，那军阀虽然惊为天人，赞不绝口，装得人模人样，其实他那一双眼睛流露出来的，是一头野兽见到猎物的贪婪之光，恨不能马上吃到嘴、吞进肚，占有之心，简直掩抑不住。而吕布第一次踏进王允府邸，在初见貂蝉那一刹那，无论他，还是她，确有英雄美人，相见恨晚之感。那一刻，让我们看到吕布人性的另一面。虽然他是个"轻狡反覆，唯利是视"的反复无常的"三姓家奴"，人格卑下，无耻恶劣，但貂蝉之美，震动了他的灵魂，爱慕之心，油然而起，倾诚之意，难以言表，这一刻的吕布，与那个卖主求荣的吕布，恍若两人。

《三国演义》是男人的世界，很少有女性人物，而在很少的女性人物之中，只有这位貂蝉，是作者下力气用感性文字精心刻画的，值得细细欣赏。

其实，所谓连环计，猜王允的设想，是想一箭双雕，那结果必然应该是一个死、一个亡。在王允看来，董卓和吕布，都非善类，留下来必是大汉王朝之祸。但是人算不如天算，王允哪里想到，真情产生真爱，这就是他无法左右的了，只好眼睁睁看着视若亲女的貂蝉，随着吕布，凤凰于飞了。

祸从口出蔡中郎

第九回（上）：除暴凶吕布助司徒

　　作为连环计的总策划，那时的王允，表现不俗；可接下来的所作所为，水准之差，前后判若两人。大凡人处于劣势环境中，放眼望去，人悉为敌时，若没有清醒的头脑，敏锐的双眼，打叠起百倍的精神，去应付恶劣的局面，那很可能被对手吃掉。但开顺风船无往不利时，所有人都向你致敬、问候、叫好、喝彩时，倒没准由于自信、大意，听不进别人说的你不乐意听的话，而船翻人亡。

　　他巧妙施计，驱暴除恶，如此庞然大物董卓，他不动一兵一卒，只是起用一小女子，就将这害国贼点了天灯。其处心积虑，其煞费周章，其把握尺寸，其应对有方，看得出他是个多么有心机的人物。该哭时哭，该装时装。但是，除董以后，不是抓住有利时机，联络诸侯，稳定大局，徐图进展，而是感情用事，以其不可遏止的报复情结，除恶务尽。他大赦天下，独不赦李、郭等人，为渊驱鱼，促其生变，从而激起新的战乱。一向擅于战术攻守，更有战略眼光的他，没想到这么快就走向自己的反面。

　　恶党固不可宥，遗孽亦不可留，但首恶必办，余党从宽，胁从不问，这是任何一个政客都懂的常识，再说，大树倒，猢狲散，个把怙恶不悛者，慢慢收拾也还来得及，何必急赤白脸地兴师问罪，定谳受刑？我一直认为，王允的这种迅速发生的性格变化，与貂蝉走出司徒府，随吕布而去，有莫大关系。对王允而言，貂蝉一走，他心灵上留下的空白太大，再也无法填补，所以，再不是昨日那个心存大局的王司徒，而是偏执狭隘、不肯宽容的执政官，这也让我们懂得他为什么要收拾文坛大佬蔡邕，很简单，他付出太多，得到很少。否则，他为什么非要这样别扭呢？

蔡邕，东汉名流，文名很高，学问很大，但狂放不羁，有点不拘小节，只因董卓曾经对他破格提拔，特别礼遇，所以，他为之掉了两滴眼泪，说几句感念之语，王允恼了，捉将官去。谅不至于要杀头弃市。他要是聪明人的话，本可以不说，他若了解王允的偏执心态，本可不去冒犯。但他，是个真性情、不设防的文人，还是把不说也可的话，说了出来。没想到这下子被王允抓住了话把。按说，王允和蔡邕有着较多的共同经历，都为反对宦官干政而战斗过，都因斗不倒阉竖而受害过，都被迫逃亡，在江湖间流浪过，怀着同一颗爱国爱民的拳拳之心，看在这一分相似点上，高抬贵手，有那么困难吗？结果，偏执到极点的王允，大笔一挥，"收付廷尉治罪"。

《三国演义》说，"众人惜邕之才，皆力救之"，太傅马日䃅还私下疏通，王允不听，"命将蔡邕下狱中缢死"。以言定谳，不足为奇，思想犯罪，古已有之，但这种人性之常，感情闪露，便十恶不赦，必死无疑，也太过分了。虽然，古往今来，杀文人者，多为帝王；但操刀者，则常是文人同行。中国文人

三国志像，绣像金批第一才子书，毛声山评点，金圣叹序，清初刊本大魁堂藏版

祸从口出者不胜枚举，而像蔡中郎这样简直是没病找病的傻瓜，真是少见。王夫之说过："蔡邕之愚，不亡身而不止。"至此，蔡中郎方才意识到同类的可怕，连后悔也来不及了。

杀了蔡邕，王允算出了口气，哪知却寒了所有知识分子的心。有一个叫贾诩的谋士，那时还不出名，跟董卓余党混在一起，就对王允颇不以为然。"且说李傕、郭汜、张济、樊稠逃居陕西，使人至长安上表求赦。王允曰：'卓之跋扈，皆此四人助之；今虽大赦天下，独不赦此四人。'使者回报李傕。傕曰：'求赦不得，各自逃生可也。'谋士贾诩曰：'诸君若弃军单行，则一亭长能缚君矣。不若诱集陕人，并本部军马，杀入长安，与董卓报仇。事济，奉朝廷以正天下；若其不胜，走亦未迟。'"他只用了一句话，本来只有一个董卓，一下子冒出来四个董卓。我估计，后来成为曹操第一谋士的贾诩，肯定会冷笑一声，王司徒，我看你怎么收拾这个残局？

剑走偏锋，人忌极端，退后一步，海阔天空。

文人的狠劲儿

第九回（下）：犯长安李傕听贾诩

　　蔡邕的死，必然要涉及董卓和王允。这两位，一为武将，一为文臣。蔡伯喈有一百个理由应当死在董卓手里，董卓也有过要杀他的意思。然而，杀人如麻的丘八，却对这位大师，表示出莫大尊敬和言听计从的气度；相反，同为知识阶层，文化精英的王允，却被女人般的嫉妒心所控制，对比他强出许多的同行，略无顾惜，毫不怜悯，连眼皮也不眨一下，就下令将其缢死。

　　王允和蔡邕，同朝共事，互不相能，实因性格差异，形同水火久焉。王允做人，谨小慎微，爱惜羽毛，心胸狭隘，"刚棱疾恶"，因而活得有点累；蔡邕不同，性豁达，不拘泥，好交往，爱表现，拥有如桥玄、马日磾、王朗、卢植、曹操等诸多朋友，活得自在，是一个思路开阔的性情中人。常有多血质的冲动，会"大叫欢喜，若对数十人"地不管不顾，活得极其轻松。王允除了身边的红颜知己，那位美女貂蝉外，别无可以倾诉衷肠的朋友，孤灯长夜，应该是相当苦闷的。

　　虽然，清人顾炎武不甚看好蔡邕："东宋之末，节义衰而文章盛，自蔡邕始，其仕董卓，卓死，惊叹无识。观其集中滥作碑颂，则平日之为人可知矣。以其文采富而交游多，故后人为立佳传。嗟乎，士君子处于衰季之朝，常以负一世之名，而转移天下之风气者，视伯喈之为人，其戒之哉！"顾炎武有一种强迫症，常以自己为标杆，要求别人，这是不可取的。每个人有权选择自己的活法，活法的好坏，如鱼之于水，冷暖自知，旁人无权置喙。我觉得蔡伯喈这一辈子，大喊大叫，大哭大笑，为所欲为，痛快淋漓，岂不也是一生？他没有义务"转移天下之风气"，何愧之有？

董卓上台后，看到班子里动刀动枪者多，舞文弄墨者少，就要找一两个文人装点门面，蔡邕头大，先摸到他，一纸诏书，限期进京，为朝廷做事。

"中平六年，灵帝崩，董卓为司空，闻邕名高，辟之。"蔡邕怕董卓杀他，托辞不就。开始，竟敢拒绝，董卓威胁他：蔡先生，你要不来给我做事，"我力能族人"。什么叫"族"，就是满门抄斩，杀你一家。他一下腿软了，雇了一辆牛车，慌不迭地从杞县赶往洛阳报到。牛屁股被鞭子打得皮开肉绽，总算没误期限，战兢兢地上班以后，想不到颇受重用。"到，署祭酒，甚见敬重。""举高第，补侍御史，又转持书御史，迁尚书。三日之间，周历三台。迁巴郡太守，复留为侍中。""卓重邕才学，厚相遇待，每集燕，辄令邕鼓琴赞事。"来了，就放手使用，这倒显出粗人的可爱了。老实讲，外行领导内行，固然弊端多多，但遇到似懂非懂而装懂，略知皮毛硬充行家里手，门窍不通却非常敢想敢干，甚至敢于蛮干的半瓶子醋的顶头上司，那好像麻烦更多。

董卓，作为屠夫，罪该万死，在肚脐上插一把灯草，点

三国志像，绣像金批第一才子书，毛声山评点，金圣叹序，清初刊本大魁堂藏版

天灯，是他应得的下场。但是，作为对蔡邕破格相待的上司，没有知识分子的忸怩拿捏，酸文假醋，尽显老粗本色，确是倾心相待，我想，蔡邕作为被知遇之人，为这个坏蛋的下场，掉两滴泪，说两句话，不至于抓起来问罪吧？

门庭冷落的王允，与风头太足的蔡邕，这

之间再夹杂着同是文人的相嫉情结，必然要渐渐发酵，慢慢变质，表面上似乎风平浪静，私底下则是互相较量。蔡邕是个于学无所不逮的大师，在文坛有较强发言权，一言九鼎，王允身为司徒级的朝廷大员，在政界足可以呼风唤雨。前者，片言只字，万人传读，后者，等因奉此，官样文章，根本不可同日而语，因而这种同类之间由外部的不协，到内心的不谐，从性格的歧分，到认识的差异，必然要产生出这种不良的结果。

世事难料，应该杀他，而且精于杀人之道的董卓，没有杀他；不应该杀他，而且说实在也不会杀人的王允，却找了个蹩脚理由将其处死。由此可见，文人要狠起来，有时候比武人更杀气腾腾。太尉马日磾劝其刀下留人，不果，走出门来，仰天大叹："王公其不长世乎！"果然，蔡邕被杀以后不久，王允也被董卓余部砍下了脑袋。公元192年，一个妒人的文人，和一个被妒的大师，就这样匆匆谢幕，走下舞台。

执拗与机变的差异与分寸

第十回（上）：勤王室马腾举义

在唐人段成式《酉阳杂俎》一书的序中，"有孔璋画虎之讥"这句话，倒是说的三国期间的逸事。

孔璋，即陈琳，是文学史上的建安七子之一，他的名篇《饮马长城窟行》诗，广为人知。他的文学成就，世所公认，但在曹操的两个儿子之间，评价不一。陈琳籍贯广陵，南人。汉末魏晋，政治中心在黄河流域，门阀也以中原为主，北人占据政权核心地位，看不上南人。但曹丕独具慧眼，在《典论》中对陈琳评价不低，认为他是"时之隽也"。而曹植则与其兄唱反调，认为这个南人，长于奏表，拙于辞赋，在《与杨德祖书》中说："以孔璋（陈琳的字）之才，不闲于辞赋，而多自谓能与司马长卿同风，譬画虎不成反为狗也。"

三曹，实际是建安文学的主力，曹丕肯定陈琳，一是文学上着眼，二是政治上选边。他不能、不会、也不敢抹杀他老子的基本定调。因官渡大战后，曹操就把这个在檄文里骂得他狗血喷头，原来为袁绍做笔杆子的陈琳捉住，不但没有杀头，反而用为记室。看来曹丕明白，老头子很高看他。而他的弟弟就没有这个政治判断力，曹植在文学上也许具有如谢灵运所说的八斗之才，在官场斗争上却是没有什么斤量的末流，偏要和更为幼稚的杨修，联合起来为反对而反对。无非针对曹丕那一言九鼎的口气。植、修二人没想到，这样反对陈琳，其实是在间接地否定曹操。那时，曹丕尚未正大位，所以，曹植敢多毛，但不开心的是曹操，你给老子反什么嘴？后来选接班人，为曹丕而非曹植，孔璋画虎之讥，陈留王小节之误，让老头子不开心，也成败局之因。

《三国志》称："是时，文帝（曹丕）为五官将，而临菑侯（曹）植才名方盛，各有党与，有夺宗之议。文帝使人问诩自固之术，诩曰：'愿将军恢崇德度，躬素士之业，朝夕孜孜，不违子道。如此而已。'文帝从之，深自砥顾。太祖又尝屏除左右问诩，诩嘿然不对。太祖曰：'与卿言而不答，何也？诩曰：'属适有所思，故不即对耳。'太祖曰：'何思？'诩曰：'思袁本初、刘景升父子也。'太祖大笑，于是太子遂定。"

看来，在《三国演义》这部讲计谋的书里，谋士也是有良莠之分，好坏之别，高低之差，善恶之异的；导致成败之不同，命运之顺逆，结局之悲欢，后世的褒贬，毁誉之不一。在三国鼎立、谋士逞能的局面中，唯有这个贾诩是不可等闲视之的人物，也是这部书中唯一大获全胜的超级谋士。诸葛亮，应该说是谋士中最为光辉的，也是被千古认定的典型，然而他不是最成功的谋士，"出师未捷身先死，长使英雄泪满襟"，便是他最大的遗憾。

只有这个贾诩，从助纣为虐开始，到为张绣出谋划策反曹，继而投身曹营，一直为曹操、曹丕父子效力，计无不立，谋无不成，行无不利，战无不胜，一生总是立于不败之地，而且，绝大部分时间是为曹操服务。曹操是什么人，眼里不揉沙子，特别热衷于收拾文人和谋士，但他却能平安无事地活到耄耋之年，功成名就，享尽荣华富贵而逝。《三国志》说他"算无遗策，经达权变"，这位最懂得在"伴君如伴虎"的环境下求生存的谋士，才是最杰出的谋士。

贾诩，是一个不可等闲视之的人物。从助纣为虐开始，虽在李、郭、张、樊麾下，贾诩屡劝他们"抚安百姓，结纳贤豪。自是朝廷微有生意"。到为张绣出谋划策反曹，后来又为曹操、曹丕父子效力。计无不立，谋无不成。在最坏的情况下，争取稍好的状态，头脑始终保持清醒，人格能够不离大节，助善而不从恶，谋成而不居功，也实属难能可贵了。

曹操杀掉那么多谋士和文化人，贾诩在他手下，能功成名就而逝，也是这部书里唯一的大获全胜的谋士。这位谋士，他深知执拗地去做成一件事，和机变地去做成一件事，两者之间的差异和分寸感。一个有着坚定信仰而无我的人，为信仰付出代价，与世无补，和那些并无坚定信仰却有我的人，总能顺水行舟，做一点有益的事情，这两者，究竟谁更值得后人取法呢？

不与竖子为谋

第十回（下）：报父仇曹操兴师

　　曹操荥阳一战，败退河内之前，他说的那句"竖子不足与谋"，反映了他内心的一种觉醒。这个以天下事为己任的枭雄，已经意识到汉室凌迟，朝廷衰落，日暮途穷，无力中兴。同时，遍顾宇内，有大志向，有大作为者，舍我其谁？曹操决定自己干自己的，挥师山东，跳出是非地，与这帮狗咬狗一嘴毛的合作者拜拜分手。识时务者为俊杰，这大手笔也只有曹操敢想敢干。

　　一个有志者，必有不怕孤独的勇气，才能突出重围，别开生面。有雄图大略的人物，不但要有超凡脱俗之思路，去陈趋新之行径，敢作敢为之胆略，不羁一格的作为，还得有逃避庸俗包围，不与竖子为谋的决断。曹操之所以能成大事，就在于他的及时觉悟，另谋出路，否则，他和那些鸡争鹅斗的诸侯，也就没有什么区别了。

　　这是曹操一生中重要的思想转折点。在中国，一提奸雄，必定马上想到曹操。如果看过京剧，立刻就会在脑海里浮现出那张大白脸，这是《三国演义》塑造出来的曹操。其实，奸，只是曹操的一个侧面，雄，却可概括他在历史上的全部。李卓吾在《藏书》中对其评价极高。"操芟夷群丑，其行军用师，大较依孙武子兵法，而用事设奇，谲敌制胜，变化若神。自作兵书十余万言，诸将征伐，皆以《新书》从事。与虏对阵，意思安闲，如不欲战。然而决机而乘，气势盈溢，故每战必克。御军三十余年手不舍书。"

终生不懈，武装头脑，念兹在兹，加强实力。之前，曹操与黄巾战，是他立足于更远大的目标，在军事上的深谋大略。《魏书》称："黄巾为贼久，数乘胜，兵皆精悍。太祖旧兵少，新兵不习战，举军皆惧。太祖被甲婴胄，亲巡将士，明劝赏罚，觽乃复奋，承闲讨击，贼稍折退。"由于他"数开示降路，遂设奇伏，昼夜会战，战辄禽获"。《三国志》说他："追黄巾至济北。乞降。冬，受降卒三十余万，男女百余万口。收其精锐者，号为青州兵。"一个在政治上人才济济、在军事上实力充沛的曹操，自然是振翅欲飞之势了。

王夫之在《读通鉴论》里分析这场战役："曹操父见杀而兴兵报之，是也；坑杀男女数十万人于泗水，遍屠城邑，则惨毒不仁，恶滔天矣。虽然，陶谦实有以致之也。"说实在的，就光明磊落这点，我是赞成曹操的，他不是鲁迅先生讽刺的"又想做婊子，又要立牌坊"的人。也不像时下一些先生们，台上握手，台下踢脚，当面称兄道弟，背后落井下石。搂得你挺紧，可捅进你腰里的一刀，也挺深。现如今，陶谦劫杀其父老全家，他还有什么犹豫，不去兴师问罪，大动干戈呢？"恶滔天矣"又如何，他就是要在徐州这一带大开杀戒，还有什么好顾忌的？

即使如此，他也在动武上，抓住"忠孝"二字，大做舆

三国志像，绣像金批第一才子书，毛声山评点，金圣叹序，清初刊本大魁堂藏版

论文章。

忠和孝，在中国传统文化中，占有很特殊的地位，是为人的根本之道，也是衡量人的一个基本标准。忠君报国，孝亲事家，也是巩固封建社会的伦理基石。所以这两面旗帜，经常被正义的或不正义的人举起来吊民伐罪。曹操为其父兴报仇之师，理正辞严。然而实际上，这场"正义之战"是他在兖州养精蓄锐，集结力量后的一次小试锋芒，恰好陶谦杀其父为他提供了一个口实罢了。

细想起来，曹操这样想、这样说、这样做，不也光明坦荡、心口如一、不失英雄本色吗？

王夫之对陶谦评价极低，说他很差劲，说他也颇不是东西。"盖谦之为谦也，贪利赖宠，规眉睫而迷祸福者也。然则曹嵩之辎重，谦固垂涎而假手于别将耳。"老先生总结曰："吮锋端之蜜，祸及生灵者数十万人，贪人之毒，可畏也夫！"所以，什么谦谦君子，什么长者风度，什么见贤思齐，什么温良恭让，这些表面上看到的，书本上写着的，是当真不得的。姑妄听之，可以，竟然信之，那就不必了，这也是历史教给我们的聪明。

人，为什么要长一个脑袋，而且这个世界上，没有两个一模一样的脑袋呢？就是要让你用这个脑袋来独立思考的。

以卵击石的游戏

　　孔融，字文举，鲁国（今山东曲阜）人。当时，是个大人物。第一，他是孔子二十世孙；第二，他是建安七子之一。《后汉书》载：早年，孔融把国舅何进得罪了，何进手下的人"私遣剑客欲追杀融。有客言于进曰：'孔文举有重名，将军若造怨此人，则四方之士皆引领而去矣。莫如因而礼之，可以示广于天下。'进然之，既拜而辟融，举高第，为侍御史。"后来，孔融成为一方诸侯，任北海太守，到了许都，又做大匠，也就是现在的建筑工程部长，由此可见，他具有何等显赫的地位和人望了。孔子后裔这份无形资产，也使他增值不少。所以，他的门阀地位、士族资历、官僚职务、声名学问，称得上举足轻重，也就顺理成章地成为知识分子的领袖。刘备有一次被孔融请去救陶谦，这位织席贩屦的手工业者，激动得简直不知所以，他问太史慈："孔文举先生知道世间还有一个刘玄德吗？"他觉得被孔融如此看重，是无上光荣，从这一细节也说明孔融在当时的影响力了。

　　但这些虚名，唬人可以，当真不行。范晔对他的评价，一针见血："才疏意广，迄无成功。高谈清教，盈溢官曹，辞气清雅，可玩而诵，论事考实，难可悉行。……造次能得人心，久久亦不愿附也。其所任用，好奇取异，多剽轻小才。"于是，他被赶出北海，好在曹操念旧，加之重文，让他到许都任建筑部长，当然，挂名而已。曹操留下他在许都，扮演着大名士的角色。名士，通常有两种，一种是被统治者用来当招牌的，一种是未当成招牌而与统治者别扭的。曹操希望他是前者，但孔融偏要做后者。他认为自己在给献帝做事，不买曹阿瞒的账，总是跟他不合作。曹操对于政敌的容忍，肯定是有限度的，之所以隐忍不发，自然是时间不到。因为军事上的强敌袁绍未灭，江山不稳，他才未对孔融下手罢了。一个统治者，可以不理会与当局不合作的知识分子，但不合作而且捣乱的知识分子，就不会被轻轻放过了，不过时间早晚罢了。

大将军何进不愿意收拾他，放他一马，因为他屠户出身，自惭形秽，曹操何许人也，政治强人，文章高手，所以，孔融一经人告发，说他有侮慢诽谤之罪，曹操立刻就把他抓了起来。也许这本来就是他的安排，毕竟在中国找两个告密者，是不费吹灰之力的。其实，军吏来逮捕孔融时，他的两个儿子，早有预感，别人劝他们赶快躲一躲，正在玩琢钉的这两兄弟说："覆巢之下，焉有完卵？"连小孩子都知道处境危殆，孔融还要当反曹的领袖，这就是文人永远玩不过政治家的原因了。按说，孔融的言论，严重程度也未超过祢衡，但曹操不杀祢衡的头，为什么对孔融却不肯轻饶呢？如果说孔融是大文人，曹操同样是大文人，由于文人相轻，嫉妒才华，才要置孔融于死地的话，那么陈琳在文章里，指着鼻子骂曹操，也不曾掉脑袋。那曹操为什么要将孔融弃市呢？

三国志像，绣像金批第一才子书，毛声山评点，金圣叹序，清初刊本大魁堂藏版

孔融此人，学问很大，但政治上并不十分成熟；勇气不小，可斗争经验相当缺乏；自信过甚，因而对时局常常估计错误；书生意气，以为他的自由论坛，能够左右政局。其实，他不过和曹操玩了一次以卵击石的危险游戏罢了。知识分子的毛病，就是有了一点声望之后，自我感觉马上就特别地好起来，好得不知好歹，好到不知冷热，好到晕晕乎乎，不知天高地厚。

　　曹操当然不会把文学上的孔融多么当回事。但是，政治上的孔融在曹操眼里，是被看作精神上的主要敌人，是"海内英俊皆信服之"的反对派，对他是一点也不敢掉以轻心的。政治家曹操最忌畏的，莫过于反对派结成一股政治势力。所以，不杀祢衡，因他不过是一个幼稚的文学青年罢了，势单力孤，一条小泥鳅，翻不出大浪。不杀陈琳，因他不过是一个写作工具，而且已经认输降服，不可能有多大蹦头。可孔融则非如此，"虽居家失势，而宾客日满其门"，他自诩："座上客常满，樽中酒不空，吾无忧矣"，成为当时许都城里一股离心力量的领袖人物，这是曹操最深恶痛绝、无法容忍的，所以，他就只有伏刑了。

曹操的第一次出师

第十一回（下）：吕温侯濮阳破曹操

　　一个统一的政权瓦解以后，必然是一个分封割据的，同时也是互斗厮杀的局面。原本一体，现如今萁豆相煎，往往更残忍、更剧烈、更迁延时日，流血的创口，久久也不能愈合。这就是合不易合、分更难分的动荡不安的现实。

　　董卓去后，此时各路诸侯中，以袁绍雄踞冀、青、并三州，实力最强；曹操次之，占兖、豫二州，有急起直追之势；其余韩遂、马腾占凉州；袁术占扬州；孙策占吴郡；刘表占荆州；刘璋在益州；公孙瓒在幽州；陶谦在徐州……而刘备到现在，几乎连立脚之地也没有，仍属寄人篱下，势单力薄，但不等于他自甘没落，他也是一直在寻找机会的。政治野心的膨胀，军事力量的增强，驱使他必然要推行扩张政策，这是没有办法的事。曹操如此，刘备也如此，没地盘的要找地盘，有地盘的要扩展地盘，也是中原混战不已的原因。

　　曹操在发起会盟讨伐董卓以后，有了政治资本，为他的迅速崛起提供了机遇。他利用投降来的黄巾余部，大大地扩充了自己的兵力，又让不适于作战的降卒去戍边屯田，保证粮饷供给。这比起秦坑赵卒四十万于长平，项羽坑章邯部二十万于新安城南来说，是一种时代进步，曹操深知人口既是生产力，也是战斗力，只有有一个巩固的后方，充足的军力，才能挥师出征。

曹操攻打陶谦，一是因为徐州是薄弱环节，小试锋芒当然要避强趋弱。一是因为此地乃兖、豫之屏障，拿下徐州，后方便可保无虞了。王夫之在《读通鉴论》里说："曹操父见杀而兴兵报之，是也；坑杀男女数十万人于泗水，遍屠城邑，则惨毒不仁，恶滔天矣。"曹操的残忍之心，表现在铲除政敌上一点也不手软，而且罪及无辜，大肆杀戮。这次徐州的大扫荡，连官方史书《三国志》也说他"所过多所杀戮"。裴松之注《三国志》引孙盛言："夫伐罪吊民，古之令轨。罪谦之由，而残其属部，过矣！"

公元194年（汉献帝兴平元年），曹操复仇东伐，攻打徐州回师，没想到张邈被陈宫蛊惑，背叛了他，而且把吕布迎了过来。这实在是他起事以来碰到的大麻烦。"太祖之征陶谦，敕家曰：'我若不还，往依孟卓。'后还，见邈，垂泣相对，其亲如此。"孟卓，即张邈。这样一个倾心相交的朋友，翻脸不认旧情，当然也是没有办法。然而，兖州本是他的大本营，却因朋友的背叛，引狼入室，成了吕布的地盘。情势危急，只剩下鄄城、范、东阿三地还在手里。曹操不能不思量，若大本营为吕布所破，徐州未得，兖州又失，还能有他立脚之地吗？

值此生死存亡的关头，发生了两件灾情：第一，大旱，第二，蝗灾，一斛谷子卖到五十多万钱，涨了数万倍，真成了米珠薪桂。打仗是要钞票的，士兵是要吃粮的，于是，双方休战。曹操是坐地户，活路多些，吕布是外来户，来源少些，等灾荒过去，吕布的锋芒已挫，便不再是曹操的劲敌了。

民国学者章太炎，也是一个最铁杆的拥曹派，曾作《魏武帝颂》，对其赞扬备至。"夫其经纬万端，神谟天挺。出师而狝犹襄，戎衣而关洛定……加以恭俭，申以廉谨。廷有壶飱之清，家有绣衣之警。布贞士于周行，遏苞苴于邪径。务稼穑故民繁殖，烦师旅而人不病。信智计之绝人，故虽谲而近正。所以承炎汉之迄录，握中原之魁柄。夫唯其锋之锐，故不狐媚以弭戎警。其气之刚，不宠贿以要大政……"这样一篇四六文章，特别提到"务稼穑故民繁殖"，为曹操的"戍边屯田"叫好，这正是曹操高明于别人的地方。

看来，曹操出手不凡，第一次出师，不赚不赢，蚀一点小本，总算长了本事，见了世面，也就不虚此行了。

戏文中才有的事

历史上并没有让徐州这一说，这是民间文学的创造。虽然陶谦病笃时对糜竺说过一句"非刘备不能安此州也"的话，而糜竺此时已完全站在刘备一边，是不是造一下夺权的舆论也未可知的。在东汉，一个地方上的士族豪强，就是一个土围子。刘秀推翻王莽后，对于这些集政治、经济、军事、文化和立法、司法于一体的小型独立王国，曾下决心铲除，但毕其一生，也没有战胜这些士族豪强。他们不但有经济实力，有舆论工具，而且还有自己的武装力量。他们往往能够左右上级派来的地方长官，以及他们的去留。所以这个不动声色，始终低调的糜竺，切切不可小觑，没有这个糜竺，刘备是进不了徐州的。如果我们看到刘备有一位糜夫人的话，可想而知，这位地方大老，早就选定刘备为陶谦的接班人了。历史上的陶谦，戏文中的陶谦，可不是一回事。陈寿说他"背道任情"，"刑政失和，良善多被其害"，可见他并不是一个好东西。

虚构一场《让徐州》的戏，倒不是为后来的言菊朋老板唱戏考虑。罗贯中是为了突出刘备的忠诚、仁义、谦虚、逊让和施恩不图报的高尚品格，于是陶谦也随之被美化了。因为若是一个政绩很坏、名声很臭的州牧，刘备让来让去，至少是一种虚伪了。

这也只能是戏文中才有的事。

一般来讲，凡骑在人民头上的统治者，上自天子，下至里正（也就是街道保甲长之流），是绝不会心甘情愿把权柄拱手让人的。除非屈服于某种压力，如果不放弃权力可能还要失掉更多的情况下，才会乖乖地腾出位子。在权力之争中，即使是亲兄弟，也要"白刀子进，红刀子出"的。数千年来，在中国人民头上作威作福的大大小小统治者，谁也不肯自动退出历史舞台。而继任的是谁，老百姓根本无权选择，只能任其为非作歹。尽管孟德斯鸠说过："久握权力会使人腐化"，但所有这些人，宁愿被腐化，也不愿交出权力，这大概也是个颠扑不破的真理。所以当权者不可能让贤，也不可能擢能，那只是老百姓的永远也不会实现的美丽憧憬。别说史书中没有陶谦让徐州一说，《三国演义》中的这个文学人物陶恭祖，也不会一而再，再而三地让徐州，只不过是口头文学和演义作者的艺术创造罢了。

但是，让徐州遂成为千古佳话，至今弦歌不绝的最重要原因，只是因为封建社会里的老百姓，虽不具有民主思想，却希望权力这个东西，不是天子到里正的专有品，也不是世袭罔替的家财，更不是兴之所至随意馈赠的礼物，而是应该交到更受百姓拥戴的人手里，这就是这段伪托的历史产生的心理背景。

《三国演义》对谦让这一段，大写特写，先是"糜竺曰：'今

三国志像，绣像金批第一才子书，毛声山评点，金圣叹序，清初刊本大魁堂藏版

汉室陵迟，海宇颠覆，树功立业，正在此时。徐州殷富，户口百万，刘使君领此，不可辞也。'玄德曰：'此事决不敢应命。'陈登曰：'陶府君多病，不能视事，明公勿辞。'玄德曰：'袁公路四世三公，海内所归，近在寿春，何不以州让之？'孔融曰：'袁公路冢中枯骨，何足挂齿！今日之事，天与不取，悔不可追。'玄德坚执不肯。陶谦泣下曰：'君若舍我而去，我死不瞑目矣！'"他的结义弟兄也不干了，"云长曰：'既承陶公相让，兄且权领州事。'张飞曰：'又不是我强要他的州郡；他好意相让，何必苦苦推辞！'玄德曰：'汝等欲陷我于不义耶？'陶谦推让再三，玄德只是不受。"

　　让徐州一事，姑且不论其是否合乎史实，就事论事，陶谦拱手交印，刘备也绝不能当仁不让地接受：第一，欲取故放，也是一种策略。第二，一再礼让，更是一种表演。何况，此时此刻，还有谁敢与他一争高下呢？糜竺所代表的地方势力，他们的认可是决定性的一票，所以刘备才敢如此谦逊，《让徐州》才唱得更为精彩。

你骗我后，我再骗你

第十二回（下）：曹孟德大破吕布

陈宫，捉放曹的主角，他和曹操分道扬镳之后，成了一位职业的反曹人士。以其睿智，以其韬略，为吕布谋，确系曹操心头大患。

《三国志》这样记述的："布出兵战，先以骑犯青州兵。"吕布的骑兵，很凶悍，曹操的青州兵都是原来造反的黄巾余部，个体作战力强，集团战斗力差，正规上阵打仗，常常不成体统。吕布所统帅的职业军人，骁勇能战，其势难当。"青州兵奔，太祖阵乱，驰突火出，坠马，烧左手掌。司马楼异扶太祖上马，遂引去。"在战火中，乘胜而至的吕布，迅雷不及掩耳，差点要了曹操的小命。"却说曹操见典韦杀出去了，四下里人马截来，不得出南门；再转北门，火光里正撞见吕布挺戟跃马而来。操以手掩面，加鞭纵马竟过。吕布从后拍马赶来，将戟于操盔上一击，问曰：'曹操何在？'操反指曰：'前面骑黄马者是也。'吕布听说，弃了曹操，纵马向前追赶。"若是这一戟稍低三寸，就要了曹操的命了。

袁晔《献帝春秋》曰："太祖围濮阳，濮阳大姓田氏为反间，太祖得入城，烧其东门，示无反意。及战，军败。布骑得太祖而不知是，问曰：'曹操何在？'太祖曰：'乘黄马走者是也。'布骑乃释太祖而追黄马者。门火犹盛，太祖突火而出。"这是出自《三国志》的一则史料，并非演义，可见这场交手战打得如何难解难分。

濮阳之战，让曹操明白，摆不平这员猛将，日子就很不好过。只要将他拿下，中原诸侯，统统不在话下。所以，他不能认输，不能退却，必须与吕布、陈宫死磕到底，从事这样一次危险的对战。诈降，本来是一种初级阶段的骗术，通常施之于智商不高的对象。而曹操却中了陈宫的计，因为陈宫把握住了曹操的急迫感。不解决吕布的掣肘之患，他就无法打破中原的被动局面，智商虽高的曹操，饥不择食，急兔反噬，也顾不得许多，结果差点送命。

好在曹操到底要棋高一着，失败之后并不一蹶不振，"操仰面笑曰：'误中匹夫之计，吾必当报之。'"败而不馁，存将计就计的反击之心，是大手笔。吕、曹狭路相逢，一戟刺来，虽然吕布一下子没认出曹操，使其得以狡脱，待他一悟过来，曹操早逃了。但充满自信的吕布，还是认为曹操在这一场恶战中不死即伤，难以生还，是必然的。凡自我感觉良好者，总是把事情的发展，往最好处想象。于是，他"令军士挂孝发丧，诈言操死。早有人来濮阳报吕布，说曹操被火烧伤肢体，到寨身死"。于是，"布遂点起军马，杀奔马陵山来。将到操寨，一声鼓响，伏兵四起。吕布死战得脱，折了好些人马；败回濮阳，坚守不出。"

陈宫作诈降计，以骗曹操，成功，因为陈宫把握他的软肋。曹操作诈死计，以骗吕布，也成功，因为曹操了解他的

三国志像，绣像金批第一才子书，毛声山评点，金圣叹序，清初刊本大魁堂藏版

性格。但曹操敢于在你骗我后，我再骗你，是需要很大的气魄和强大的自信的。而陈宫是个何等聪明的人物，竟然对濮阳城中，家僮千百，为一郡之巨室的那个富户田氏，深信不疑。怎

么不多生一个脑袋想一想，你能利用这个土豪去蒙骗曹操，难道曹操不会策反这个土豪，为其内应，打开城门，成为曹军的带路党吗？所以，计，不分大小，谋，不论高低。无论计中有计，计外有计，无论你以谋来，我以谋往，只要有成败，就可定高低。陈宫低就低在他太感情用事，一门心思与曹操作对，中了邪的他，一叶障目，不见森林，只知作对，不及其他，真可惜了他的才干。

际此关头，曹操不得不打，不得不与这个不可小觑的悍将打，因为不打败吕布，他就只有卷铺盖走人，而吕布打不赢曹操，也休想在此混下去。两军相持三个多月，打得个不亦乐乎，不分胜负。最后，老天帮了曹操的忙。

命运之莫测性，战争之复杂性，遂增添了许多变数，也就生发出更多的故事。

吕布的褒贬

《三国志》评吕布说："有狮虎之勇，而无英奇之略，轻狡反覆，唯利是视。自古及今，未有若此不夷灭也。"从历史的角度，这个评价应该说是准确的。但是罗贯中笔下的吕布，作为一个文学人物，就不仅仅是个褒贬，也不必存在褒贬的问题了。因为读者对于历史上一个人物的评价，只有信与不信的两种比较单一的选择。而对于文学人物，经读者的再创造，便有许多不同的看法和见解产生。正如外国谚语所说，一百个人读《哈姆雷特》，便有一百个不同的哈姆雷特形象。每个读者眼中的文学人物，绝非简单的褒和贬可以概括的。多多少少都会盖有读者本人经验的印记。每个读者在阅读文学作品时，都是一次再创作，所以，吕布这个文学人物，在读者心目中，既不是绝对的坏，当然，也不会是绝对的好。

在所有吕布戏中，那白铠白袍的吕布一出场，就吸引了无数的注目，甚至成了后世无数观众心目中英武潇洒的小生的典型形象。吕布的道德标准，是有奶便是娘，是背信弃义，这让他被认为是一个反复无常的败类，但他对于爱情的真诚，对于情人的热烈，对于妻子和女儿的眷恋，却完全是毫无虚

饰的人性的真实表现。因此，他得到了读者在
另一面上的认同。可以说，吕布是这部小说起
首部分被塑造得最为成功的形象之一。

　　为什么吕布能得到读者的这种宽谅呢？第

三国志像，绣像
金批第一才子
书，毛声山评
点，金圣叹序，
清初刊本大魁堂
藏版

一，他骁勇善战，几乎无人能打败他；第二，他对貂蝉，是一个至死不渝的爱情至上主义者；第三，无论如何，是他杀掉了恶贯满盈的董卓，为民除害；第四，辕门射戟，是吕布一生中的峰顶之作，救了刘备一命。包括他不杀刘备家小，包括他怜妻惜女，都展现了他的性格里的不是太坏的一面。

加之他四肢发达，头脑简单，极易上当，陈登几句话一说，主意就变了。甚至为曹操把他视作"饥则为用，饱则扬去"的鹰犬，沾沾自喜。大概中国人害怕莫测高深，就比较喜欢这个单线条的吕布了。

但吕布也不是一个毫无心术的人，也会用计的。"辕门射戟"之荒诞，很带有吕布的性格色彩，以一箭而定和战，旷古未闻，而此儿戏一般的主意，居然成功了，说明吕布是有把握为刘备解除厄难的。但想不到刘备在白门楼上，对曹操说："公不见丁建阳、董卓之事乎？"这一句话，却断送了吕布的命。按老百姓的看法，刘备就是很不够意思的了。吕布临刑前，目视刘备曰："是儿最无信者！"还说："大耳儿，不记辕门射戟时耶？"这番斥责在读者心里，便把两人的分量称出来了。

李贽说："陈珪父子，弄吕布如婴儿，可怜吕布全不知也。武夫哉，武夫哉！"他用了"可怜"二字，可见无论古人，无论今人，总是对这个在舞台上穿着白盔白甲、白袍白裤的英武悍将，保留一分好感。"人中吕布，马中赤兔"，这种至美至誉的说法，在人们脑海里是不能抹杀的。读者就拥有这种进行评价的权利，一个人，被你说得天花乱坠，如何如何地好，我未必深信；同样，被你说得一塌糊涂，如何如何地糟，我也许还会质疑。其实，捧一本书，不仅仅是接受灌输，还是需要独立思考的。

正史中的帝王将相，无一不被美化，可是在野史演义中，有些人的形象，却可能极其丑恶。吕布在历史中是被否定的，然而在老百姓的心目中，却又并不完全被否定，这也许是文学的力量吧？

迟迟未发的诏书

第十三回（下）：杨奉董承双护驾

做皇帝，是古代那些不怕杀头的造反者们梦寐以求的最高理想。当中国第一个称皇帝的秦嬴政出巡时，一个叫刘邦的亭长看到那分威风，感叹说："嗟乎，大丈夫当如此也！"一个叫项羽的贵族，被那分气势所震慑，也发表感想："彼可取而代之也！"由于做梦者多，在这场最高权力的角逐中，必定伴之以厮杀。大规模者则血流成河、尸骨盈野，小范围者也是刀光剑影、人头落地。即使不流血的宫廷政变，也会是一幕仓皇辞阙、泣血瀛台的悲剧。这种封建社会里的无论是正常或不正常的改朝换代，都会引发一场可怕的地震，从而撼动皇朝的基础。

在《阿Q正传》中，这位流氓无产者与王胡、与小D的两场战斗，使我们充分领教这类文明程度相对落后，文化水平相对低下，生活资源相对匮乏，社会环境相对恶劣的底层人士，所表现出来的物极必反的异常心态：第一，他们绝对不怕无耻；第二，他们绝对以属于动物本能的刺激反应方式，即刻生出极具爆破力的冲动；第三，他们绝对不计一切后果，绝对不顾一切秩序、规范、伦常、道德，马上迸发出可怕的破坏力，由此种种，统统写在鲁迅先生的笔底。

反观这场以汉献帝为筹码的争夺战，那些从匹夫董卓派生出来的，一蟹不如一蟹的徒子徒孙们的表演，便知道中国封建社会能够拖延数千年而不变革的原因了。

恶是一种社会痼疾，人类的恶本质像癌细胞一样迅速蔓延扩展，腐蚀整个器官。人与人之间的告密、出卖、谗害、构陷，置对方于死地的卑鄙行为，立刻如瘟疫似的传染开来，而且愈演愈烈。生活在恐怖统治中，唯有从恶去使别人恐怖，自己方能免于恐怖。所以鹰犬走狗、爪牙打手、细作线人、密探暗谍这类职业，便异常地兴旺并猛烈地发达起来。于是，以恶近恶，恶性膨胀，用人唯恶，恶性循环，由于汰优存劣，远善近恶，刘良遗莠，憎洁喜污的单向选择，个别人的恶自然要发展为集团性的恶。所以，第一代穷凶极恶的董卓以后，出现第二代、第三代更加无恶不作的董卓，是一点也不奇怪的。

真是应了一句古谚，"窃钩者诛，窃国者侯"，别看那些坐在高位上的当朝一品个个衣冠楚楚，剥下他们的冠盖袍带，不过是昨天的流氓兵痞、盗匪蟊贼之徒，自然恶习难改，便时有许多不雅难堪的表演，令人唾弃。小人物一朝得意起来，必然会产生一种强烈的报复欲望，而施虐的对象，则是曾经使他们毕恭毕敬，俯首帖耳，心惊肉跳，魂飞胆丧的大人物，于是，汉献帝被推上赌桌，成为这帮盗马贼的赌注。

恶与恶也是物以类聚的。所以去掉一个董卓，出来两个董卓，就是恶的泛滥之果。社会如人，潜藏着这种病态的恶，一旦如癌扩散，有时近似物体的加速度运动的原理，愈演愈

三国志像，绣像金批第一才子书，毛声山评点，金圣叹序，清初刊本大魁堂藏版

烈，无法控制，最终，必然酿成一场不可收拾的悲剧。当恶成了整个社会的主导行为时，理智沦丧，道德堕落，文明毁灭，伦常败坏，于是，谁最野蛮，谁最歹毒，谁就最占上风。后董卓时代所造成的悲剧，便是完全彻底摧垮了汉王朝。

"是岁（建安元年）又大荒，洛阳居民，仅有数百家，无可为食，尽去城中剥树皮、掘草根食之。尚书郎以下，皆自出城樵采，多有死于颓墙坏壁之间者，汉末气运之衰无甚于此。"最遭殃的当然还是老百姓，以至日后多少年休养生息，也恢复不过来。一国之都，蔚然王气的洛阳，只残留数百户人家，岂不哀哉？直到此时，太尉杨彪才想起来还有一封诏书未发，是召曹操进京，以辅王室的。其实战乱初期，各路诸侯均可听命，为什么独召如此牛鬼蛇神来保驾呢？引贼讨贼，引狼入室，绝非乱世颠倒，失去理智，而是各怀鬼胎，暗打算盘的结果。因为所有围绕在统治者身边的亲信，总像一堵围墙，生怕别人（尤其是比他们强的人）挤进来，打破已有的平衡。不管曹操，还是袁绍，都是他们望而生畏的角色，不能不考虑到请神容易送神难的后果，这也是杨彪那封诏书迟迟未发的猫腻吧。

曹操的三级跳

建安元年秋七月，曹操进军洛阳，是他由地方豪强，到一路诸侯，到掌握天下的三级跳的最关键的一步，应该说是一次成功的行动。

当他在山东扫清障碍，巩固政权，网罗人马，发展势力时，无时不在注意着洛阳、长安间帝王的行踪和轨迹，以及围绕帝王的两股势力，把持派与争夺派的此消彼长。因之选什么时候，以什么名义，还要花怎样的代价，来进行这次最后的冲刺，一直是曹操悬心不已的宏图大志。

决策学是一门新近出现的科学，但决策却是久远的存在。按照决策理论，通俗地讲，其依据，一、可能的形势（环境条件）；二、可能的时机（初始条件）；三、可能的行动（相对应的试验）；四、可能的结果。然后，选择最优解来行事，这就是所谓的决策函数。曹操的参谋本部和他的首席谋士荀彧，当然是按照曹操的大政方针，寻找着决策契机。

如果选择时机过早，自身力量积聚不足，还存在着冒天下之大不韪的危险，使众诸侯对他心存疑惧，促使他们联合起来，像对付董卓一样地对付他。而此时挟持献帝的武装力

三国志像，绣像
金批第一才子
书，毛声山评
点，金圣叹序，
清初刊本大魁堂
藏版

量尚未十分削弱，反而不如任其自行戕杀，然
后摧枯拉朽，予以卒制。等到献帝身陷绝境，
孤苦无保；而劫持之徒，已无实力，不堪一击，
他的首席谋士荀彧提醒他，此其时矣。"奉主上
以从人望，大顺也；秉至公以服天下，大略也；

扶弘义以致英俊，大德也。四方虽有逆节，其何能为？韩暹、杨奉，安足恤哉！若不时定，使豪杰生心，后虽为虑，亦无及矣。"

机不可失，时不再来，曹操何等精明，他更等待着这一天。其实他早年与黄巾战时，便不再追求其他诸侯那种争城略地的满足，而把目光放在汉王朝的最高权力上，立足于更远大的目标。一是网罗人才，一是积聚实力。《魏书》称："黄巾为贼久，数乘胜，兵皆精悍。太祖旧兵少，新兵不习练，举军皆惧，太祖被甲婴胄，亲巡将士，明劝赏罚，众乃复奋，承间讨击，贼稍折退。"由于他"数开示降路，遂设奇伏，昼夜会战，战辄禽获"。《三国志》说他："追黄巾至济北。乞降。冬，受降卒三十余万，男女百余万口。收其精锐者，号为青州兵。"曹操软硬件齐全，自然是振翅欲飞了。

正要发兵之日，天使赍诏宣召，好！正愁找不到什么缘由赴宴，请柬就送到了。更加师出有名，于是，马军、步军先行，二十万兵马浩浩荡荡向洛阳进发。于是，"建安"这个年号在后人心目中，更多的是与曹魏相联系，这就不值得奇怪了。从此开始，汉末的一切政治、军事、经济、文化现象无不具有曹魏的色彩。

《三国志》称："太祖朝天子于洛阳，引昭并坐，问曰：'今孤来此，当施何计？'"这个董昭，其实可以说是未经曹操委派的驻在汉献帝身边的联络处主任。他早就对那时实际控制汉献帝的张杨说："袁、曹虽为一家，势不久群，曹今虽弱，然实天下之英雄也，当故结之。况今有缘，宜通其上事，并表荐之。若事有成，永为深分。""杨于是通太祖上事，表荐太祖。昭为太祖作书与长安诸将李傕、郭汜等，各随轻重，并致殷勤。杨亦遣使诣太祖。太祖遣杨犬马金帛，遂与西方往来。"因此，可以断定董昭早就和曹操来往，别看他是素食主义者，在政治上还是很有一副好胃口的。

当着汉献帝，这当然是曹、董合演的一出戏，董昭说："此下诸将，人殊意异，未必服从，今留匡弼，事势不便，惟有移驾幸许耳！"此言一出，汉献帝的心凉了半截，到了曹操的地盘，他连现在的自由都会被剥夺的。对汉献帝来说，这主意很恶；对曹操来说，这主意正中下怀。在人地生疏的洛阳，终究不如许都得心应手。到了我的势力范围里，皇帝老子又能如何？还不是得乖乖地听我的呢？董昭怕汉献帝提出一大堆口实，用以推诿，他先把迁都之难说了，堵住这位皇帝的嘴："然朝廷播越，新还旧京，远近跂望，冀一朝获安，今复徙驾，不厌众心，夫行非常之事，乃有非常之功，愿将军算其多者。"

最后这句话，曹操最受用，连忙表态："此孤本志也！"也不管汉献帝那张脸多么难看，就拍板了。

从此，汉献帝刘协就进入了镀金的牢笼。

败在无节制

公款喝酒，始于何时，如何制度，史无记载，但李白斗酒诗百篇，陶潜种秫谷不种粳，阮籍饮酒步兵厨，一直上溯到给汉高祖出主意的高阳酒徒郦食其，他们喝酒，看来都有占公家便宜的嫌疑。

《三国演义》里，有两位堪称是英雄的人物，一为张飞，一为吕布，也是因为喝这种公款酒，而栽了大跟头。这两人是死对头，一见面就要厮杀。张骂吕曰"三姓家奴"，拆穿老底；吕骂张曰"环眼贼"，污辱形象。这时候，他们都未喝酒，头脑都很清醒，居然不忘揭挑对方的疮疤。可一端起杯子，从壶中倒出来的是公家报销的酒，两位英雄就不免犯糊涂。张飞败在酒上，丢掉小沛，无颜以见兄长。吕布败在酒上，丢掉赤兔，命丧白门楼。

酒，这个东西，小饮有舒筋活血之用，提神健身之利。会喝酒的人，追求的是那种微醺的境界。凡这样喝酒者，十之八九是自掏腰包，十块八块，沽得一醉，放头便睡，明天接着上班，那是何等受用？所以时下反对四风，力戒公费吃喝，以致饭店萧条，酒厂减产，实在是大好事。因为喝这种公款埋单的酒，其弊端在于无节制，唯其无节制，最后无有不败在这种酒上者。

建安元年，在许都拥帝自重的曹操，"既定大事，乃设宴后堂，聚众谋士共议曰：'刘备屯兵徐州，自领州事，近吕布以兵败投之，备使居于小沛，若二人同心，引兵来犯，乃心腹之患也。'"于是荀彧出了一个二虎竞食之计，让刘备、吕布先掐起来，然后渔翁得利。《三国演义》中的计谋，并不标明为计的，要比标明为计的多。而标明为计者，往往不如未标明为计者高明。这种离间计，很古典了，也很普及了，挑拨敌人营垒里自相残杀，是一种较常见，也较低级的计谋，很容易被人识破揭穿。固然，人与人之间，即使是暹罗双胞胎，也有缝隙可钻的。在生活中，团结，是期望值和现实总不能完全吻合的表面黏合剂；分歧，则是信誓旦旦否认也无法绝对掩盖的分裂状态。于是，制造矛盾，利用矛盾，分化瓦解，个别击破，使"二虎"或"三虎"互相咬得死去活来的事，便屡见不鲜了。稍有起码智商的人，尚未完全白痴的人，都会先打一个问号，你是何居心？你为什么对我表示亲密？

刘备不缺心眼，索性开诚布公，一切放在光天化日之下，将曹操密函摊在吕布面前。这个办法不算高明，但对四肢发达、头脑简单的吕布来说，相当管用。

奉先啊，曹操让我借机刺杀你，若杀不成，你必杀我，反正不是你死，就是我死，此计毒至极也。反正我是不会动你一根汗毛的，你若是想投曹操，就在此时此刻，我把脑袋交给你，拿去作晋见之礼吧！吕布是一个感情用事之人，当即被感动得泪流满面。许都方面接到情报，说这哥俩儿不但

没有谁把谁捅了，还把酒言欢，至夜方散。于
是荀彧再献驱虎吞狼之计："可暗令人往袁术处
通问，报说刘备上密表，要略南郡。术闻之，
必怒而攻备。公乃明诏刘备讨袁术，两边相并，

三国志像，绣像
金批第一才子
书，毛声山评
点，金圣叹序，
清初刊本大魁堂
藏版

吕布必生异心，此驱虎吞狼之计也。"

结果，事情就是这样凑巧，一是坏在张飞的贪杯上，二是坏在吕布的老丈人曹豹的不贪杯上，三是坏在曹豹亮出他女婿吕布，而张飞偏偏与吕布水火不容上。于是，内应外合，吕布夺了徐州，一计不成的荀彧，总算二计搞定，这当然都是演义了。正史只有一句话："备东击术，布袭取下邳，备还归布，布遣备屯小沛，布自称徐州刺史。"只不过是刘备离开徐州到小沛，与吕布从小沛来到徐州，两军换防而已。

中外古今，一切纷扰，无论国与国的战争，还是人与人的矛盾，也无论上了、上不了台盘的帮派冲突、村社械斗、团伙群殴、社区纷争，无不是由一方要降服、一方反降服的相生相克的过程。所以，吕布和刘备，早年还算志同道合，稍有情谊；但各霸一方、势均力敌之后，吃掉对方，便是他俩连做梦都放不下的事情了。

人无信不立

太史慈，字子义，东莱黄县人。原为刘繇部下，后被孙策收降。

第十一回，初见其人，他正风风火火为救被黄巾管亥包围的孔融，突围向刘玄德求援，他一张嘴就说："某太史慈，东海之鄙人也。与孔融亲非骨肉，比非乡党，特以气谊相投，有分忧共患之意。"这一番情辞感人之言，说服刘备出兵，孔融得以解围，其知恩报德的仁义行为，其义不容辞的责任担当，令人刮目相看。后来，他渡江从刘繇，与东吴战，武艺高强，屡屡得手。一次，跟孙策打遭遇战，两人竟从马上打到马下，难解难分，不分胜负。最后，策手快，掣了太史慈背上的短戟，慈亦掣了策头上的兜鍪，角斗不已，难分高下，这才有周瑜设计擒获太史慈之举，时为公元198年（汉献帝建安三年）。

那年，周瑜、孙策同龄，24岁，太史慈大些，33岁，都是正值大好年华的少壮派，刀光剑影，酣畅淋漓，跌宕起伏，神出鬼没，双方打得不亦乐乎，打得很投入、很忘情，表现出乎我们当代人所能想象的无穷活力、充沛精力。那一场近身搏斗，非常之生龙活虎，而且非常之青春洋溢。也许东汉时期的中国人，平均寿命要低，年近半百，大概就算老了，否则，孙权不会张嘴"老贼"，闭嘴"老贼"地对曹操口出不逊的。小霸王勇则勇矣，但作为一军之帅，恃匹夫之猛，有胆而无略，对付作战如行云流水，不可捉摸，行动如风驰电掣，灵活机动的太史慈，事事处处难操胜券。最后，还是周瑜出马，不失一兵一卒，将孙策打得如此费劲的对手，轻而易举地擒获。

据《资治通鉴》，孙策收太史慈，立委重任，竟派他去抚安刘繇余部，他将行时，众人嘀咕，"'慈必北去不还。'策曰：'子义舍我，当复从谁？'饯送阊门，把腕别曰：'何时能还？'答曰：'不过六十日。'慈行，议者犹纷纭言遣之非计，策曰：'诸君勿复言，孤断之详矣，诸君勿忧也。'慈果如期而反。"他不但完成任务，还为孙策的兼并政策，先就作好安排。古云："人无信不立。"这信，既有被人信的一面，也有能信人的一面。在中国传统文化中，信和义并立，是衡量人的重要标准，太史慈值得一赞。如今，二三十岁的年轻人，又有多少能干得如此大事的呢？

在唐人段成式的《酉阳杂俎》中，有这样一段记载，虽然荒诞无稽，充满神话色彩，但多少透露出太史慈入吴后的一些状况。"乌山下无水，魏末，有人掘井五丈，得一石函。函中得一龟，大如马蹄，积炭五枝于函旁。复掘三丈，遇盘石，下有水流汹汹然，遂凿石穿水，北流甚驶。俄有一船触石而上，匠人窥船上得一杉木板，板刻字曰'吴赤乌二年八月十日，武昌王子义之船'。"

这真是让人大开眼界的神话，让人得以了解汉魏时期对于南疆的开拓、开发、治理、施政的状况。而太史慈，大概是这其中厥功甚伟的人物。

乌山，是位于福建福州的一个道教圣地。居然在掘井的过程中，得一龟，得一函，再往下掘，得一石，石下有水北流（这个北字，值得体会）。复见一舟涌上，舟上有板，上写吴赤乌二年字样。赤乌，为孙权称帝后的第四个年号，二年，应为公元239年，太兄弟既已死，怎么还有武昌王之说，则费解了。太史慈字子义，这是毫无疑问的，然而，正史上并无封其为武昌王之事。只有《吴书》上有这样一句话："刘表从子磐。骁勇，数为寇于艾、西安诸县……孙权统事，以慈能制磐，遂委南方之事。"可见武昌王这个封号，系后人对其英名的附会了。

但从这则传说中，我们似乎可以判断，太史慈很受吴国当局重用，曾经在一个时间段内，专注负责拓展南疆，重任在肩，所以在魏、蜀、吴三国的相争中，较少见到他的踪影。

从孙策由袁术处押玉玺，借兵马起家，到荡平地方豪强，铲除盗贼，立足江东以后，向北不敢与袁术争锋，向西也难与刘表较量。此其时，各路诸侯逐鹿中原，无暇旁骛，正好趁机向吴越腹地纵深开拓，从此奠定未来吴国的天下，是一个最好的抉择。孙权继位后，发展到派船队沿海而南下交趾、九真，东泊台湾、琉球，北上辽东乃至朝鲜，对于巩固海疆是做出很大贡献的。

所以，太史慈成为老百姓的武昌王，还有一支神乎其神的舰队，这故事，很提气。

二国志像，绣像金批第一才子书，毛声山评点，金圣叹序，清初刊本大魁堂藏版

趁历史的缝隙崭露头角

第十五回（下）：孙伯符大战严白虎

袁术这个人，据南阳时，户口数百万，本可以干一番事业。可他"奢淫肆欲，征敛无度，百姓苦之"。与其兄袁绍"有隙，又与刘表不平而北连公孙瓒；绍与瓒不和而南连刘表，其兄弟携贰，舍近交远如此"。僭号称帝以后，"荒侈滋甚，后宫数百皆服绮縠，余粱肉，而士卒冻馁，江淮闲空尽，人民相食"。

每个时代，在其风起云涌、变幻莫测之际，总有一些"山中无老虎，猴子称大王"的野心家应声而起，更有一些失意政客、落魄军人，和一些压根儿就是坐没坐相、站没站相的低能儿、白痴之类，因缘际会，于潮动中被推到了峰顶，居然人模狗样地也神气起来。所谓"沐猴而冠"，就指的是这些一下子站在舞台脚灯前的新贵们。一出戏，没有丑角，是很冷清的。因此，历史呼唤英雄的同时，也会招徕跳梁小丑，二袁就是这样应运而生的怪胎。《三国演义》一开头，如果没有这对让人哭笑不得的难兄难弟，恐怕就不很热闹了。大概每个时代，都会有这类出点洋相、闹点笑话的宝贝，否则，一部历史书就显得太沉闷了。

在这样的舞台上，野心家加窝囊废，加幻想狂，加弱智的袁术，便成了历史的笑话。汉末各路诸侯，数他最水，也数他最孬，数他最屁，也数他最没有本事。然而，当孙策为换取兵马打天下，将传国玉玺质押与他后，袁术抱着这颗玉玺，变成不可救药的偏执狂。小人是不能得志的，一旦手中握有什么权势实力、财宝本钱、仙丹灵药，而变得与众不同时，便马上神飞色舞，亢奋不宁，手脚无措，五官挪位。袁术有了那块传国玉玺后，便像得了病似的要当皇帝了。

这就叫历史的误会。有的人连句整话也说不好，智商只达儿童水平，可唯辟作威、唯辟作福。此人做一名工匠，也许称职。位居三司，封疆一方，在他的统治下，老百姓该过什么样的日子呢？袁术充其量，是一个成事不足、败事有余的市井无赖罢了，竟还过了几天自封的皇帝瘾。这些趁历史的缝隙中突然头角峥嵘的人，除了为后世增添笑柄外，还能留下什么呢？

其实，他早就怀有不轨之心。"兴平二年冬，天子败于曹阳。术会群下谓曰：'今刘氏微弱，海内鼎沸。吾家四世公辅，百姓所归，欲应天顺民，于诸君意如何？'众莫敢对。"后来，到底"用河内张炯之符命，遂僭号。以九江太守为淮南尹。置公卿，祠南北郊"。"遂建号仲氏，立台省等官，乘龙凤辇，祀南北郊，立冯方女为后，立子为东宫"。偏执狂是一种精神系统的病症，此病的临床表现，是顽固地坚持某种背离现实的信念，达到了绝对拒绝任何理智的病态狂躁。最终必然发展成为虐待狂和被虐狂。此病患者，有可能是高智商者，但极大多数是智商指数较低者。袁术在当时各路诸侯中，是最草包和最愚蠢的一个。他能把大家都不以为然的，当皇帝其实就是冒天下之大不韪的荒唐行为，认为是绝顶正确的事情。因为他相信他手中有了玉玺，便有九五之尊。甚至到后来，明知道行不通，明知道错了，还要继续坚持错下去，错到底，一直到呕血身亡为止。这种一错再错，错上加错，死不认错，一直错到坟墓里去的悲剧，仅仅只发生在袁术这个蠢货身上吗？

《三国志》载：公元 189 年（灵帝中平六年）袁绍兄弟"闭北宫门，勒兵捕诸阉人，无少长皆杀之，或有无须而误死者，至自发露形体而后得免。宦者或有行善自守而犹见及。其滥如此。死者二千余人"。而《三国演义》则说得更具体，"何进部将吴匡便于青琐门外放起火来，袁术引兵突入宫庭，但见阉官，不论大小，尽皆杀之"。看来，袁术比他兄长袁绍，更像是一代宦官的终结者。这是中国历史上一次比较彻底的清除宦官事件，也许因为这次屠杀的余威所及，至少在魏晋，在南北朝，在隋，在唐的前期，宦官大规模作乱的现象，几乎没有发生过。一直到唐中期，阉寺才重新猖獗起来。这份实在了不起的功绩，竟没有一位史家为这对弟兄，特别是袁术，做出公允的评价。

如此说来，蠢货袁术，也许并非一无是处。

吕布的亲民形象

第十六回（上）：吕奉先射戟辕门

　　一部好的文学作品，其成功因素有二，一是精彩的故事，二是生动的人物。《三国演义》所以家喻户晓，众口流传，就因为这部书中，既有吸引读者的故事，更有吸引读者的人物，而吕布，则是《三国演义》开场以来，最为光鲜夺目的人物形象，如果网上投票，无论他的形象分，还是他的武艺分，准会领先三国早期的列位英雄。因为读者捧起一本书，对于永远不会失败，具有超能力的菩萨神仙，敬之而不近之；对于永远不会出错，具有超权威的帝王将相，畏之而决不亲之，只是对于那些与我们差不多有同样的喜怒哀乐感情，差不多同样的跌倒爬起过程，差不多同样的生老病痛经历，差不多同样的痛苦快乐体验的，感到亲近。吕布虽系书中的文学形象，但与老百姓沉浮于大千世界里，成则兴奋，败则恼丧，得则快乐，失则痛苦，没有什么不同，因而对其所作所为，所思所想，能够理解，便有共鸣。因为平等，便有共同语言。吕布，所以被读者特别关注，以至喜爱有加，甚至对他的混账事，随便认义父，轻易杀干爹，说话不认账，翻脸不认人，往往忽略掉，做视而不见状。而对他的爱情至上主义，为了

三国志像，绣像金批第一才子书，毛声山评点，金圣叹序，清
初刊本大魁堂藏版

年画，辕门射戟，天津杨柳青

貂蝉而敢绝死拼命的爱之冲动，对他的儿女情长，敢背着女儿多次突破重围而不计个人生死，这种对貂蝉的爱，这种对女儿的爱，就牢牢地植根于读者心里。

我还记得早年看过《辕门射戟》这出小生行当的叶派京剧，那白衣白袍、白盔白甲的吕布一出场，满堂彩是不用说的了，坐在前排听戏的人，还有往台上掷送鲜花和红包，表示敬意者，可见吕布这个三国人物，是多么受人们的欢迎。其实质在于他这个人，既复杂，又简单，既很坏，又很好。说他坏，他也数不上算是《三国演义》中最反面的人物。说他好，他的反复无常，认贼作父，也很令人齿冷。他非常的擅战，但劳而无功，说他无功，董卓死在他手下，至少是为民除害吧？这一点不能不肯定；他非常的英勇，但有勇无谋，说他无谋，倒也不能认为他无脑，而射戟辕门，绝不能证明他的智商有多高。

汉献帝兴平二年（195），袁术写信给吕布，邀其同攻刘备。吕布没有被他的甜言蜜语所打动。第一，他此刻要保护刘备，倒不是他多么热爱这个"大耳儿"，而是一旦灭了刘备，他就要单独面对袁术和曹操。第二，袁术在收买他，许诺送二十万斛大米，这样的金主，他也不敢贸然得罪，何况他们还是儿女亲家。第三，打刘备，非他所愿，不打刘备，没法向袁术交代，于是，眉头一皱，计上心来。

据《后汉书》：袁"术遣将纪灵等步骑三万以攻备，备求救于布。布诸将谓布曰：'将军常欲杀刘备，今可假手于术。'布曰：'不然。术若破备，则北连太山，吾为在术围中，不得不救也。'便率步骑千余，驰往赴之。灵等闻布至，皆敛兵而止。布屯沛城外，遣人招备，并请灵等与共飨饮。布谓灵曰：'玄德，布弟也，为诸君所困，故来救之。布性不喜合斗，但喜解斗耳。'乃令军侯植戟于营门，布弯弓顾曰：'诸君观布射戟小支，中者当各解兵，不中可留决斗。'布即一发，正中戟支。灵等皆惊，言'将军天威也'。明日复欢会，然后各罢。"

这一箭不但射出了吕布的神威，也射出中国历史上最具幽默感的，化干戈为玉帛的一箭，若是射不中呢？估计吕布连想都不曾想，他就是以这样的智商行事，而且赢了。

但此人太反复无常了，刚救刘备，转过脸去，因其"合兵得万余人，布恶之，自出兵攻备。备败走，归曹操，操厚遇之，以为豫州牧"。这就是曹操高于吕布之处，这两个三国人物，智商绝不是一个等级上的。"或谓操曰：'备有英雄之志，今不早图，后必为患。'操以问郭嘉，嘉曰：'有是。然公起义兵，为百姓除暴，推诚杖信以招俊杰，犹惧其未也。今备有英雄名，以穷归己而害之，是以害贤为名也。如此，则智士将自疑，回心择主，公谁与定天下乎！夫除一人之患，以沮四海之望，安危之机也，不可不察。'操笑曰：'君得之矣！'遂益其兵，给粮食，使东至沛，收散兵以图吕布。"

这就是吕布的混账了，错事纰漏，层出不穷，与我们大家都不完美无缺，没有什么两样，人同此心，心同此理，这恐怕就是吕布能得到读者宽谅的原因吧。

政治家曹操与文学家曹操

第十六回（下）：曹孟德败师淯水

　　这时曹操被称作丞相，稍早了些。尽管《三国演义》没有明写，但自汉献帝驾幸许都，曹操被以丞相视之，也是当时的实际情况。曹操一生，只做丞相，是他的聪明处，但当这个帝王般的丞相，既不能把刘协当回事，因为他不过是名义上的帝王，又不能绝对不当回事，无论如何，帝王的冠冕是在刘协头上。所以，这分寸感还真不好拿捏。因为，这不仅是他和刘协之间的事情，是涉及帝王势力和曹操势力的较量，政治这东西，无处不在。拥帝派处于弱势，服软是肯定的，但不会太软柿子了。拥曹派绝对强势，欺软是肯定的，但也不能做得太过分。所以如此应对，道理很简单，瘦死的骆驼比马大，保皇党可能各怀鬼胎，但在反对曹操这一点上，却是惊人的一致。

　　据《三国志》，汉献帝建安元年（196），操被任命为司隶校尉，录尚书事。帝国运作的这套程序，是汉献帝和保皇党手中仅有的手段了，你做的是丞相之事，就是不给你丞相之名。不久，曹操任大将军，因袁绍不买他的账，只好把这职务让出去。这笔账，一般都被算到袁绍头上，焉知不是许都的保皇党，里挑外撅的结果？在他们眼里，怎么看曹操都不顺眼，曹操也不在乎，你们不过是捣乱，失败，再捣乱，再失败而已。优势在我这里，我有耐心等。于是，曹操又任司空，行车骑将军。建安九年，破袁尚，加领冀州牧。直到建安十三年，废三公，曹操才当上丞相。

所以，在《三国志》的一节引文中，我们看到了一些许都并不太平的端倪。《世语》曰："旧制，三公领兵入见，皆交戟叉颈而前。初，公将讨张绣，入觐天子，时始复此制。公自此不复朝见。"显然，反曹派用这一套仪制，来整治曹操的嚣张，我觉得曹操从此不再朝请，倒不是厌恶繁文缛节，而是对于交戟叉颈的警惕性。政治家的曹操，是随时随刻的，而文学家的曹操，则是兴之所至的余兴罢了。

《三国志》称他"少机警，有权数而任侠放荡，不治行业。"裴注引《曹瞒传》："少好飞鹰走狗，游荡无度。"他在《祀故太尉桥玄文》中，说到他和这位桥玄，后来在《三国演义》里被当作乔国老的老人，他们之间的那一份忘年之交，看到他人性的一面。"吾以幼年逮升堂室，特以顽鄙之姿，为大君子所纳。增荣益观，皆由奖助，士死知己，怀此无忘。"他还回忆生前的约定，桥曰，你以后经过我的坟墓前，不下车好好祭奠我的话，走不出三步路，我就让你肚子疼，你可别怪罪我。说明作为政治家的曹操，让位于文学家的曹操时，也是蛮有幽默感的。

《曹瞒传》还说："太祖为人佻易无威重，好音乐，倡优在侧，常以日达夕。被服轻绡，身自佩小鞶囊，以盛手巾细物，时或冠帢帽以见宾客。每与人谈论，戏弄言诵，尽无所隐，及欢悦大笑，至以头没杯案中，肴膳皆沾污巾帻，其轻易如此。"这样一个性情中人的曹操，征张绣，不战而捷，遂大放松，大浪漫，甚至私纳绣叔张济之妻。从他笔下所写的"仙人欲来，出随风，列之雨。吹我洞箫，鼓瑟琴，何闿闿！酒与歌戏，今日相乐诚为乐"，可知是何等快活的境界了。这首很具浪漫色彩的小诗，是否出自曹手，值得怀疑，但《三国演义》没有就此大做反曹文章，恐怕也是有点不大相信果是曹作，但从该书第十六回所写："一日操醉，退入寝所，私问左右曰：'此城中有妓女否？'操之兄子曹安民，知操意，乃密对曰：'昨晚小侄窥见馆舍之侧，有一妇人，生得十分美丽，问之，即绣叔张济之妻也。'"如果此诗确系阿瞒所写，大概也是"曹操每日与邹氏取乐，不想归期"那些日子里的笔墨。

这一段风流债，他付出的代价不小，曹操哭而奠之，"吾折长子爱侄，俱无深痛，独号泣典韦也"。这眼泪，就是政治家曹操的临场表演了。而《三国志》里，他是这样总结的："吾降张绣等，失不便取其质，以至于此。吾知所以败。诸卿观之，自今已后，不复败矣！"

知道错误，承认失败，曹操不怕公之于众，正是他的厉害。

识时务者为俊杰

第十七回（上）：袁公路大起七军

　　袁术在当时各路诸侯中，是最草包的一个。以为得到孙策抵押的传国玉玺，就有九五之份，便可南面而王，其愚蠢可想而知。正如莎士比亚名剧《麦克白》中的主人公那样，因女巫的谶示以为自己将为国王，从此，野心勃勃，欲望膨胀，行事猖狂，不计后果，犯下致命错误，也就加速度地走到生命的尽头。如果说，麦克白之死，是英雄在黑暗中的沉没，那么，袁公路之死，是小丑点燃了自己，在哄堂大笑中化为灰烬。

　　应该说，一个人存有非分之想不为过。如果希望得到自己不应该得到的东西叫作野心的话，那么无妨认为这种野心是人皆有之的了。拿破仑有句名言，一个不想当元帅的士兵，不是一个好士兵。若是世界上人皆循规蹈矩，捧多大的碗，吃多少的饭，一个毫无竞争的世界，说该说的话，走该走的路，还有什么进步可言？因为任何不安于分的想法、做法，在自己看来是追求，是理想，是奋斗目标，而在别的利害相关的人眼里，必被视作野心。

　　问题在于实现野心的过程中，如果像莎士比亚笔下的麦

克白一样，愈陷愈深而不能自拔，那就只有自
取灭亡一道了。懂得节制，掌握分寸，进退有
度，步步为营，那就是谁也莫奈你何的另外一
回事了。曹操未必不想当皇帝，袁绍亦如此，

三国志像，绣像
金批第一才子
书，毛声山评
点，金圣叹序，
清初刊本大魁堂
藏版

刘备、孙权，概不例外。他们的野心比袁术更甚，只不过能够识时务，而按下不表而已。这些人明白，在汉献帝还有一点剩余价值时，谁敢自己称帝，就等于竖一个靶子，让众人瞄准射击而已。而袁术之蠢，竟然当众宣布："今刘氏微弱，海内鼎沸。吾家四世公辅，百姓所归，欲应天顺民，于诸君意如何？"他也不想想，天不可有二日，国不可有二主，你要敢这样另起炉灶的话，连汉献帝刘协也会跳出来与曹操联手揍扁了你。所以，陈寿在《三国志》中作结论："袁术无毫芒之功，纤介之善，而猖狂于时，妄自尊立，固义夫之所扼腕，人鬼之所同疾。"

　　一开始，在吕布、曹操、袁术的河淮之争夺战中，局势有利于袁术，如果他稍有头脑，上策，联络同父异母的袁绍，掣肘曹操而先吃掉吕布。中策，给予好处，拉拢吕布，形成结盟，共同对付曹操。下策，伸出两个拳头，左打吕布，右攻曹操。世界上就有这样的笨蛋，哪壶不开偏提哪壶，不取上策，可能兄弟不和，心存芥蒂，尚可理解。而舍中策，排斥吕布，就毫无道理了，何况袁术与吕布还是儿女亲家呢？这一点，你不得不佩服曹操眼明手快，他也很害怕袁、吕结盟，在第一时间内，先封孙策为会稽太守，断袁后路，再封吕布为征南将军兼领徐州牧，令吕讨袁。因为曹操手里有汉献帝，空白诏书、假证明有的是。吕布可是真小人，本来他听说袁术称帝，要将自己女儿送去寿春做太子妃，现在，曹操十万火急派人送来打着钢印的证书，许的是如假包换的徐州牧，还有一个响当当的将军头衔，吕布便向袁术提出退亲，撕毁婚约，还要讨回嫁妆。已经要当皇帝的袁术，面子上实在下不来，既恨吕布，更恨曹操，对阵是唯一的出气之道，结果一败涂地。

著《后汉书》的范晔说，袁术当上了皇帝，过起皇帝的生活，可他的士兵，他的百姓，却陷于水深火热之中。"初，术在南阳，户口尚数十百万，而不修法度，以抄掠为资，奢恣无厌，百姓患之。又少见谶书，言'代汉者当涂高'，自云名字应之。又以袁氏出陈为舜后，以黄代赤，德运之次，遂有僭逆之谋。又闻孙坚得传国玺，遂拘坚妻夺之。""术虽矜名尚奇，而天性骄肆，尊己陵物。及窃伪号，淫侈滋甚，媵御数百，无不兼罗纨，厌粱肉，自下饥困，莫之简恤。于是资实空尽，不能自立。"

《吴书》曰："术既为雷薄等所拒，留住三日，士众绝粮，乃还于江亭，去寿春八十里。问厨下，尚有麦屑三十斛。时盛暑，欲得蜜浆，又无蜜。坐枋床上，叹息良久，乃大咤曰：'袁术至于此乎！'因顿伏床下，呕血斗余而死。"

怀揣玉玺做皇帝梦的袁术，明明错了不认错，还不相信自己"至于此乎"。

多问几个为什么

曹操讨袁术，征寿春，为稳军心，借他人之头；为肃军纪，割自家之发，以上两事，均见《三国志·魏书·武帝纪第一》的篇末所引《曹瞒传》中。

陈寿是蜀人，但不拥刘，为晋著作郎，而晋系篡魏而来，也不敢反魏。可裴松之，先为晋人，后为南朝宋人，注《三国志》，就没有这方面的顾忌，借他人之酒杯，浇自己心头的块垒，干得也是蛮起劲的。所以，大写曹操负面信息的《曹瞒传》，他差不多都附录了。抹黑一个人，是很容易的，而要洗白一个人，那就很困难了。郭沫若看话剧《蔡文姬》，见到曹操那张大白脸上，添上一抹红，他就觉得很高兴了。

此书所述二事为：一、"常出军，行经麦中，令'士卒无败麦，犯者死'。骑士皆下马，付麦以相持，于是，太祖马腾入麦中，敕主簿议罪；主簿对以《春秋》之义，罚不加以尊。太祖曰：'制法而自犯之，何以帅下？然孤为军帅，不可自杀，请自刑。'因援剑割发以置地。"二、"常讨贼，廪谷不足，私谓主者曰：'如何？'主者曰：'可以小斛以足之。'太祖曰：'善。'后军中言太祖欺众，太祖谓主者曰：'特当借君死以厌众，不然事不解。'乃斩之，取首题徇曰：'行小斛，盗官谷，斩之军门。'其酷虐变诈，皆此类也。"

若从"酷虐变诈"这个定性的结语来看，曹操就真是坏到家了。

《曹瞒传》传说为三国后期的吴人撰，以上四字评语，便大致了解此书作者的政治立场，当系一个铁杆反曹派无疑。由于吴亡于晋，晚于魏亡于晋 16 年，谈论或者写作前朝领袖人物，不再是什么敏感话题。即使暴露阴暗面，大概也不致杀头。何况，中国有隔代写史的传统，这个吴人，很可能是入晋以后的吴国人。而在三国时期，孙吴受到曹魏的霸凌，是深刻难忘的记忆。书中描写的曹操夹杂感情因素，多有夸大浮泛之词，丑化秽恶之说，荒诞偏见之论，耸人听闻之文，便也不足为怪。尤其此书更像传奇，不像史书，看看可以，不必当真。

我认为，上述二事，割发说，要比借头说，更可信些。

当然，曹操的上述做法，都是一种权力强迫下的欺诈行为，不足为训。但如此行事的曹操，起码在他心里，还能想到吃不饱肚子的军士，怕麦苗被践踏的种田百姓，也就难能可贵了。虽然手段无所不用其极，玩忽人命有如儿戏，若比之他之前、他之后，那些倒行逆施、无恶不作的统治者，似乎出发点要好一些，他至少明白不能失去军心，更不能失去民心。古往今来，认错逊位的皇帝，屈指可数。而有勇气下罪己诏的，那就更罕见了。绝大多数的帝王，肯定不是圣人，难保不出差错，可金口玉言，朕哪有错的道理？即使错了，也讳疾忌医，让它错下去，错到底。实在错到此路不通时，

老百姓起来造反了，那也不是他的责任。于是撤职、查办、罢官、追究，从掉纱帽，到掉脑袋，杀人灭口，多少人为他的错误埋单。于是，坐在金銮殿上接受山呼万岁时，圣颜颐然，若无其事，英明伟大属于他，光荣正确属于他。为

主子顶缸担责的替罪羊，饮恨含冤于地下，便永世不得洗雪了。

尤其借头一说，实属荒唐，这世界上什么东西都可以借，独是这件物品是借不得的。若是有借有还，再借不难的话，你曹操拿什么来还呢？

但借头说之不可信，不可行，因为并不能彻底解决士兵口粮供应不足的实际问题，头杀了，后方应该保证供应的粮食仍然不足，怎么办？曹操难道还得再借一次人头吗？如果，后勤部能够千辛万苦地将粮食送到前方，曹操用得着采取这样的极端手法欺骗人吗？曹操自然明白，借了头，拿什么来还呢？所以，即使他是非常卑鄙之人，行此卑鄙之事，他也会知道，他得到的肯定要比他付出的多，这点账，曹操是算得过来的。不管他给借头之人如何善后，也不管他给借头之人家属怎样抚恤，也得让全军将士将他看透看扁，那就太不划算了。

所以，读古书，读今书，可信者信之，不可信者，耳旁风即可，多问几个为什么，大有必要。

贾诩的乡党情结

第十八回（上）：贾文和料敌决胜

贾诩，凉州姑臧人也。认定这一点，便知道为什么他的一句话，一个董卓倒下，四个董卓重来，导致真正的天下大乱。罪在谁？一般人咸推到偏执狂的王允头上，其实，事实并非完全如此，应该说，后来成为曹操第一谋士的贾诩，是不能辞其咎的，所以，我不相信关于贾诩的完美无缺说。

历史，之所以不能全信，就在于这种选择性失明，往往起到很不好的诱导作用。所有有关汉末的史料，涉及这段董卓死后的再度战乱的，均言其规模之大，范围之广，为害之甚，遗患之重，以致汉王朝一蹶不振，走向终结。而其始作俑者贾诩，没有受到一点质疑，这不是很值得奇哉怪哉的事情吗？

古凉州，地处陇西，自古就是不毛之地，由于胡汉杂居，争斗不断，习惯拳头讲话，动辄刀枪厮杀，因而当地民风，剽悍粗野，强横好斗，崇尚暴力，嗜血残忍。董卓的凉州兵令中原敬畏，以其能征惯战，烧杀抢掠而名。凉州人之横，横在抱团，一旦走出凉州，面对外部世界，特别看重乡党情谊。乡党，是一种因地域水土而形成的情感组合，大多数情况下不大起作用，而一旦外在压力加强，这组合也就产生相应的排他性。这就是董卓被点了天灯，董卓的女婿中郎将牛辅被近侍杀了，王允赦天下，独不赦李傕、郭汜、张济、樊稠的原因。四条汉子一看势头不好，准备吹灯拔蜡拆戏台，回凉州的当口，贾诩站出来拦住他们的去路。

贾诩之所以挺身而出，一是乡党情结，大家都是凉州人，这是最为主要之因素。其次，是贾诩对于关东士族压根儿不把西凉土豪放在眼里的心理反弹，因此他有一种不能让你王允赢得如此痛快的报复冲动，天下谋士多焉，我也来初试牛刀一番，让你们领教领教吧。

事情马上发生戏剧性变化。《三国志》曰："校尉李傕、郭汜、张济等欲解散，间行归乡里。诩曰：'闻长安中议欲尽诛凉州人，而诸君弃众单行，即一亭长能束君矣。不如率众而西，所在收兵，以攻长安，为董公报仇，幸而事济，奉国家以征天下，若不济，走未后也。'"

他先打出来的就是这张凉州牌，这是最有效用的催化剂，一场重新洗牌的游戏开始，一直到洛阳被糟蹋到连树皮都被剥光为止。当四条汉子想起来论功行赏时，诩"固辞不受"，固辞，说明他明白什么叫助纣为虐。后来到底离开四条汉子，投奔驻军在华阴的段煨，"煨内恐其见夺，而外奉诩礼甚备"，于是，这位谋士再一次跳槽，投驻军南阳的张绣。段煨也好，张绣也好，都是凉州人，你便了解这位谋士的大致轨迹了。

良禽择木而栖，贾诩投身曹营，乃迟早之事，而且他也只能有这样的选择，袁曹之间，他到底倾向关东士族的代表人物袁绍呢，还是愿意跟没有什么根基的曹操呢？何况前在宛城，曹操已经向他招手。他以"昔从李傕，得罪天下，今

三国志像，绣像金批第一才子书，毛声山评点，金圣叹序，清初刊本大魁堂藏版

从张绣，言听计从，未忍弃之"而婉拒。这样，说服张绣与他同进退，既不轻率就之，也不傲慢拒之，让曹体会他的厉害，让张佩服他的英明，棋一步一步地走，饭一口一口地吃，这就是他的审慎和自尊了。

固然，见异思迁，朝秦暮楚，人格上站不住脚，未必能得到别人真正的尊重；但抱残守缺，顽固死硬，长一个花岗岩脑袋，也只是徒为他人嘲笑的话柄而已。贾诩为大谋士，肯定要走这一步，不请自来，未免有点掉价，一请就来，那就更欠矜持，他自然不屑为之。这位段位极高的棋手，采取了敌对交锋的直接进攻手段，在较量中，使对方认识自己的分量，领教自己的才能，俗谓之曰"不打不相识"，"不掰腕子不知手劲"，即此谓也。方今天下，英雄其谁，贾诩这样一个特立独行、识见卓越、韬略远深、机智灵敏的聪明人，会心中无数乎？当他目睹汉献帝成为曹操手中一张牌，握天子以令诸侯，怎么打怎么顺，全盘皆活之后，对这支绩优股，他能不投资吗？

他当然不是特别愿意与段煨、张绣这样的凡俗之辈共事，更看不上白白糟蹋了汉献帝这张牌的李傕、郭汜、张济、樊稠等鸡犬之徒，乡党之谊，用得着就用，用不着就不用，所以他一定在曹操与他交锋中，打一个棋逢对手，将遇良相，才能为他最后走进曹营，铺垫下这种在数学上"负负得正"的正面效果。

十胜十败说

陈寿《三国志·魏书·武帝纪》里有这样一段记载：

"初，绍与公共起兵，绍问公曰：'若事不辑，则方面何所可据？'公曰：'足下意以为何如？'绍曰：'吾南据河，北阻燕、代，兼戎狄之众，南向以争天下，庶可以济乎？'公曰：'吾任天下之智力，以道御之，无所不可。'"一个持唯实力论，一个持以道御之的精神论，袁绍有实力，相信拳头的力量，曹操没有实力，只好依靠头脑和正义精神。

汉献帝建安初年，许都的曹操，有汉献帝这张牌，曾经以皇帝的名义，下一道诏书责备袁绍："地广兵多，而专自树党，不闻勤王之师，但擅相讨伐。"其实，这是一着臭棋，他中了保皇党挑拨离间之计，这些反曹派，恨不能他和袁绍交手，打得头破血流才好。后来，他悟过来了，在群雄互斗、征战不已的格局中，他并不是最强的。而他所惧的，正是比他强得多的袁绍，何苦去招惹他。"吾所惑者，又恐绍侵扰关中，西乱羌、胡，南诱蜀、汉，是我独以兖、豫抗天下六分之五也，为将奈何？"从实力考虑，他对于刘备、吕布、袁术、孙策、刘表等，并不是非常在意。独对袁绍，曹操不敢不买账，于是，改变政策，拉拢过他，许诺过他，用献帝的名义，封官许爵。袁绍不领这分情，拉着脸子，端着架子。曹操只好把大将军的位置让给他，以求暂时的平静。正好，袁绍也是个想当皇帝的野心家。《资治通鉴》建安四年载："袁绍既克公孙瓒，心益骄，贡御稀简。主簿耿包密白绍，宜应天人，称尊号。绍以包白事示军府。僚属皆言包妖妄，宜诛，绍不得已，杀包以自解。"一方面心怀祸胎做皇帝梦，一方面大义凛然灭国贼，这样的胃口，一个大将军怎能在他眼里？

两强对峙，各不相让。冀州，摩拳擦掌，跃跃欲试；许都，厉兵秣马，严阵以待。操、绍决战，势不可免。此时此刻，第一枪没有打响以前，袁绍相当笃定，曹操不免忐忑。

曹和袁，反董卓时，还算志同道合，稍有情谊，但各霸一方，身强力壮以后，把对方吃掉，就是连做梦也放不下的事情了。在冷兵器时代，打仗，主要打的是兵员和粮秣。在地盘上，曹弱于袁，在实力上，绍强于操。所以，无论硬件、软件，舆论不看好曹操，包括曹操自己，也不看好能否与袁绍一战。"袁绍据河北，兵势强盛，孤自度势，实不敌之，但计投死为国，以义灭身，足垂于后。"然而，曹操是"非常之人，超世之杰"的真英雄，他不惧战，但也不求战，他要等待，他苦苦等待什么，就是等待他说过的以道胜之的"道"。袁绍之所以不能被称为英雄，强兵压境，气势汹汹，优势尽占，却不会用这强势，不战而屈人之兵。

这时候，对于作为统帅的曹操来讲，进行这样一场大的战争，以弱胜强，以寡敌众，不仅仅要思量军事实力问题，还必须在战略指导思想上，要做出涵盖着政治、经济的通盘考虑。这时，谋士们的任务，就是循着他的一贯思路，"以道御之"的"道"，从理论上予以证实并发展之。贾诩这位谋士，攻守有道，多有创见，知己知彼，料事如神，是一个很出色的战术参谋；而郭嘉、荀彧，乃人中之俊，则

三国志像，绣像金批第一才子书，毛声山评点，金圣叹序，清初刊本大魁堂藏版

是具有高度战略眼光的智囊。郭嘉的十胜十败说，给曹操奠定了取胜的信心基础。

此时，郭嘉方 28 岁，即为曹操幕下谋士，可见曹操用人之不拘一格，不像一些老前辈总以乳臭未干为名排斥青年，甚至和青年人过不去。郭嘉曾投袁绍，见其"多端寡要，好谋无决，欲与共济天下大难，定霸王之业，难矣！"遂改投曹操，时年 27 岁，受到重用。因为，他近距离地接触过袁绍，太了解这个名望甚隆、实力甚强、谋士甚多、兵将甚众的一方诸侯，不过是个花架子，便对曹操作绍有十败、公有十胜的必战论。《三国志·武帝纪》载："是时袁绍既并公孙瓒，兼四州之地，众十余万，将进军攻许。诸将以为不可敌，公曰：'吾知绍之为人，志大而智小，色厉而胆薄，忌克而少威，兵多而分画不明，将骄而政令不一，土地虽广，粮食虽丰，适足以为吾奉也。'"

曹操全面盘算，精确衡量以后，得出结论：袁绍虽是庞然大物，但外强中干。由此看，谋士与主帅所见相合，则破绍必矣！

吕布与刘备

第十九回（上）：下邳城曹操鏖兵

《三国演义》是一部充满了血腥气的书。

刘备下邳之败，连自己的根据地也保不住，这说明其军事指挥能力、战略思想、战术水平等各个方面，若与孙权、曹操比，至少是狗、虎、龙之别。魏赵戬论曰："（刘备）拙于用兵，每战则败，奔亡不暇，何以图人？"吴陆逊论曰："寻刘备前后行军，多败少成，推以论之，不足为戚。"这一仗竟然能逃出一条命，也算侥幸了。

因为途中粮绝，刘备夜宿猎户家求食，此人闻豫州牧至，欲寻野味供食，一时不能得，乃杀其妻以食之。虽然，在此之前，有杀了亲生儿子，烹制成一道菜呈给君王者，在此之后，有杀了自己的爱妾与部下将士共餐者，这种人性泯灭的事，也并不乏见。无论如何，只是因为寻不着野味，就把老婆宰了拿她的肉来顶替狼肉，如此丧心病狂，如此疯狂，实在是让任何一个有良知的人所不能接受的。

上帝在伊甸园里，赋予亚当、夏娃那种男女情爱的本能，正是人类于摇篮中就有的最基本的感情，在此基础上人类才得以子孙繁衍，才有了这个生生不息的世界。作为人，一个生命载体，有她基础的生存要求，只是为了贵客盘中的一道菜，就被杀了。而视他的妻子为猪羊为鸡鸭的那个丈夫，犯下的绝对是反人类的罪行，写书的人写了，不以为荒谬绝伦，评书的人评了，漠然不动感情，真是令人骇异。

第二天，发现妇人被杀于厨下，方知昨夜食者，乃其妻之肉，这位以仁义号召天下的刘玄德，竟能如此不仁不义不作为地走了，难道是冷血动物吗？

愚昧和残暴是一对孪生子，只要有愚昧，就有非人的残暴。时至21世纪的文明世界，不把人当人，尤其不把女人当人的种种恶行，在我们这块土地上，难道就完全绝迹了吗？

接下来的戏，全是陈登一人连导带演了。蠢人容易被人愚弄，但固执的蠢人认准一个死理，就较难被愚弄，必须按照他的逻辑思维行事，才能使其上钩。明智的人虽然不易被人愚弄，但乱了方寸以后，即使是再明智的人，也往往自作聪明而愈陷愈深，不能自拔。吕布又明智又不明智，陈登充分利用他的特点，便置他于死地了。许多英雄豪杰，常常败在自家营垒里的暗算上，这已是讲得太多的故事了。

陈珪、陈登父子，应该是吕布的人，但从来没跟吕布一条心过，后来陈登到许都为吕布求官，摇身一变，又成了曹操的人，曹操以为"增珪秩中二千石，拜登广陵太守"，就可以收买这父子俩，并托付以东方之事。实际上曹操哪里知道这对父子实际上是为刘备服务的，所以曹操也就所托非人了。陈登父子、吕布、曹操、刘备，构成的多角关系，简直就是《碟中谍》的汉代版，甚至有过之无不及。

陈登为吕布求徐州牧不成，吕布大怒。"拔戟砍几曰：'卿

遗香堂绘像三国志，明末安徽新安黄氏刻本

父劝吾协同曹公，绝婚公路，今吾所求无一获，而卿父子并显重，为卿所卖耳！卿为吾言，其说云何？'"但是，这个多面间谍，"不为动容，徐对之曰：'登见曹公言，待将军譬如养虎，当饱其肉，不饱则将噬人。'公曰：'不如卿言也，譬如养鹰，饥则为用，饱则扬去'其言如此。"

问题在于吕布有时候不蠢，有时候很蠢，就这样"布意乃解"，不再追问了。问题还在于这个吕布在他很蠢的时候，还以为自己不蠢，这就更可怕了。甚至为曹操以雄鹰比喻自己，还露出一丝得意之情，真是好一个二百五呀。处于围城中的吕布，情急之下，听了谋士许汜、王楷之言，只有求救于袁术了。袁术其实比吕布蠢，这一回居然不傻，他说，奉先反复无信，可先送女，然后发兵。吕布无奈，只得从命。"二更时分，吕布将女以绵缠身，用甲包裹，负于背上，提戟上马，放开城门，布当先出城。""吕布虽勇，终是缚一女在身上，只恐有伤，不敢冲突重围。""吕布回到城中，心内忧闷，只是饮酒。"此时的酒，可比毒药还要致命的。

无论如何，"以绵缠身，用甲包裹"，爱儿爱女之心，做父母者当能理解，这要比刘备吃了人家妻子之肉，一抹嘴走了更具人性。

真为吕布一哭

　　真为吕布一哭！古往今来有多少盖世英雄，常常败于这种不经意的疏忽上。要是不打那顿瞌睡的话，谁又奈何得了他？

　　这事还是得先从陈宫说起，这个过于感情用事的谋士，出了很多解围的点子，或分兵合击，或断其粮道，立足点都在一个"打"字上。而从不考虑说和或议降的其他方案。一个谋士，不以谋主的意志为意志，而以自己的意志左右谋主，那就可能是一颗定时炸弹。其实，在最初交锋时，曹操诱降过吕布，"公有讨卓之功，今何自弃前功而从逆贼耶？倘城池一破，悔之晚矣，若早来降，共扶王室，当不失封侯之位。"当时，吕布并没有斩钉截铁地驳回去，说明他是听进去了，而且在思考曹操的建议是否具有一定的可行性，所以他没有把话说死，以"丞相且退，尚容商议"八个字回答，表明了他留有余地的态度。因为和或者降，对吕布来说，家常便饭，但陈宫反曹心切，水火不容，生怕吕布动摇退缩，从幕后跳到前台，站在吕布身旁大骂"曹操奸贼"，一箭射中其麾盖，差点要了曹操的命。

三国志像，绣像
金批第一才子
书，毛声山评
点，金圣叹序，
清初刊本大魁堂
藏版

　　吕布之死，拉开炸药引信的，正是他的猪
队友陈宫。他这一箭，封死了吕布的退路。若
当时劝吕布献城，难保曹操不会成为董卓第二。
这对吕布来讲并非难事，如此，汉末的争霸局
面则未可预料了。

接下来，先是严氏"将军前程万里，请勿以妾为念，言罢痛哭，布闻言，愁闷不决"。后是貂蝉"将军与妾作主，勿轻骑自出"，"布于是终日不出，只同严氏、貂蝉饮酒解闷"。活活画出吕布陷于生死情爱中，完全没了主意的尴尬状态。作为一军之帅，儿女情长，也许会被笑作太没出息，不是成事之辈的作为，然而，吕布作为一个正常人的这种再正常不过的表现，要比刘备视妻子为衣服，置之不顾，说扔下就扔下，只管自己逃命要好得多。

围城之战，持续两月，围的人吃不消，被围的人更吃不消，此时此刻就是双方主帅意志的较量了。看谁能走准走稳每一步，不给对手钻空子，而且诱导对方犯错误，得以找机会下手。结果，吕布还是败在了酒上。人处于逆境，最常犯的一个错误，就是神经质，就是沉不住气，最怕理智控制不住感情，最怕为些许小事而大发雷霆，于是激而生变，出不该出的纰漏，引发了可怕的军队哗变。曹军因此得以进城，得以近战，吕布从平明直打到日中，在曹兵稍退那刻，"布少憩门楼，不觉睡着在椅上"，于是，束手就擒。

其实，这次看似偶然的失误，却也是他完蛋的一种必然，不打瞌睡，他也会因为别的什么差错，而成为阶下之囚。他太英武了，太神勇了，至少在他的全部敌手中，还没有一个与他势均力敌。既然无法正面将他扳倒，那就只有等待他自己犯错误时收拾他了。凡英雄多自信，多自信则缺乏周密细致的防范意识、不肯稍懈的警醒头脑。于是，这一顿瞌睡，就把自己送上断头台，众目睽睽之下，"人中吕布"走完他人生的最后一步。

因缚太急，吕布乞缓之，曹操说，缚虎不得不急。因被视为虎，吕布觉得有一线生机，遂说服曹操，"公为大将，布副之，天下不难定也"。而且，吕布说得更具体，"明公将步，令布将骑"，你率领步兵，我率领骑兵，这样完美的组合，打天下还有何难？曹操有点动心，顾谓刘备，"何如？"刘备一句话，立刻断送了吕布的性命。

从去除眼前劲敌的心理出发，提醒曹操，"公不见丁建阳、董卓之事乎？"借刀杀人，第一够毒，第二起效。但从长远的战略目标看，让曹操养虎遗患，引贼入家，对刘备将来的处境可能更为有利。可见此刻的刘备，既无雄图大略，更无远见卓识，只求分一杯羹即满足。其实，给吕布留一条命，将来倒霉麻烦的，必是曹而不是刘，何必劝曹杀吕呢？太短见，也太性急了。他后来叮嘱关、张"勿犯曹公军令"这句话，充分表现了他当时甘心居下的跟班心态。织席贩屦，小本买卖，盯眼面前的算盘，生意人的小精明，在刘备身上，全得到最完全的体现。按老百姓的看法，刘备就是不够意思的。

衣带诏的代价

第二十回（上）：曹阿瞒许田打围

汉灵帝中平六年四月，灵帝崩，少帝即位，据《后汉书》，"皇子辩即皇帝位，年十七"。后来，董卓行废立，陈留王刘协"九月甲戌，即皇帝位，年九岁"。董卓一到洛阳，为什么非要顶着沸反盈天的舆情，废一个皇帝，立一个皇帝呢？其实来自边陲的这员武将，无论刘辩，无论刘协，与他没有任何或亲或疏的关系，而董卓特别反感刘辩，初平元年春正月，到底将他杀了，其中必有缘故，但这个历史之谜，谁也解不开了。一般情况下，废一个年长已是青年的皇帝，立一个年幼还是儿童的皇帝，更容易控制，更便于挟持，应该是这两弟兄易位为王的原因。正如清代的慈禧，在同治驾崩后，挑了个四岁的光绪为嗣君，而光绪驾崩之后，她又挑了个三岁的溥仪承祧一样。所以，董卓被点灯燃脐之后，那些当初强烈反对废立的朝臣，为什么不趁此机会翻案，再扶一个少帝上去呢？显然，所有当政者，还是愿意有一个年幼的帝王，好调教，好糊弄，这说不出口的想法，大致是相同的，所以，刘协得以继续当他的汉献帝。

刘协，在未被曹操掌控之前，还不能算是绝对昏庸之君。

在范晔的《后汉书》里，还可看到他多多少少在做一些事：

一是兴平元年，"三辅大旱，自四月至于是月。……是时谷一斛五十万，豆麦一斛二十万，人相食啖，白骨委积。帝使侍御史侯汶出太仓米豆，为饥人作糜粥，经日而死者无降。帝疑赋恤有虚，乃亲于御坐前量试作糜，乃知非实……自是之后，多得全济"。二是初平四年"九月甲午，试儒生四十余人，上第赐位郎中，次太子舍人，下第者罢之"。《献帝纪》中记载有当时民谣："头白皓然，食不充粮。裹衣褰裳，当还故乡。圣主愍念，悉用补郎。舍是布衣，被服玄黄。"显然，他知道能做什么，更知道该做什么。在兵荒马乱、烽火硝烟的年代里，能想到国计民生，也就算难能可贵的了。

可是，离开洛阳，迁都于许，在曹操的势力范围内，刘协连这点作为也没有了，非不为也，乃不敢为，不许为也。

曹操需要的，只是一个受摆布的木偶。于是，我们在《三国演义》的许田打围中，看到曹操的狂妄嚣张，看到刘协的饮恨吞声，看到关羽的怒不可遏，看到刘备的小心翼翼。曹操此举，本是一场测试，果然，就有了衣带诏复辟事件。范晔的《后汉书》，一点不带感情色彩地写其结局："（建元）五年春正月，车骑将军董承、偏将军王服、越骑校尉种辑受密诏诛曹操，事泄。壬午，曹操杀董承等，夷三族。"曹操不是吃素的，他当然不能允许木偶自行动作，跳出来向他挑战，"夷三族"，要比"夷九族"杀的人少，也总有几百口子吧？曹操没有办法杀掉主犯刘协，甚至不敢动他一根毫毛，很可能觉得相当遗憾吧。遂有了范晔在这篇刘协的传记中，接下来的一行字：

"秋七月，立皇子冯为南阳王。壬午，南阳王冯薨。"这字里行间透出的血腥气，令人窒息。"立皇子冯为南阳王"，是距离衣带诏事件的半年以后发生的，而"壬午，南阳王冯薨"却是同一月份里的事情。前者，自然是刘协所为，大概在皇室的内部管理，诸如升黜任免、赏罚奖惩之类的行政运作上，曹操并未完全剥夺刘协的权力。刘协为防不测，立了刘冯为南阳王，不致断了汉朝的香火。后者，则绝对透露出来曹操的个人风格，你刘协想得那么远，预立继承人，那我就干掉他，让你好梦难成。紧接着，"东海王祗薨"，这就是刘协为他衣带诏所付出的代价。

而到汉献帝建安十七年，曹操"九月庚戌，立皇子熙为济阴王，懿为山阳王，邈为济北王，敦为东海王"。《山阳公载记》曰："时许靖在巴郡，闻立诸王，曰：'将欲歙之，必姑张之；将欲夺之，必姑与之。其孟德之谓乎！'"而到"（十九年）十一月丁卯，曹操杀皇后伏氏，灭其族及二皇子"。

曹操死后，曹丕篡汉，刘协为山阳公，又活了十四年，崩，无子，以孙继国。

我们看得见的，是纸面上曹操的暴虐，与我们看不见的纸面下曹操的暴虐相比，只是冰山露出水面的一角而已。

董承的必然失败

　　董承，汉灵帝之母董太后之侄，其女为献帝妃。汉代没有"丈人"这一说，凡"丈人"，皆为"舅"，董承"国舅"之称由此而来。因为其双重的皇亲国戚身份，《三国演义》定性他为铁杆保皇党，才能做出衣带诏事件。然而，近人吕思勉不这样看，他认为："董承本来是牛辅的余孽，哪里是什么公忠体国的人？他叫曹操进京，也不过是想借曹操的力量，排除异己罢了，哪里会真和曹操一心。所以后来，又有奉到什么衣带诏，说献帝叫他诛灭曹操之说？从董卓拥立之后，到曹操进京之前，这一班拥兵乱政的人的行径，献帝还领教得不足吗？就是要除曹操，如何会付托董承呢？这话怕靠不住罢。"

　　董承，陇西郡临洮人氏，因为出自凉州，成为凉州军阀董卓女婿牛辅的部曲，也就很自然了，凉州人地处边鄙，守着沙漠，荒凉贫瘠，好武喜斗，一直受到中原人排斥，所以，能指望他们多么爱汉朝吗？董卓一进洛阳，唯以烧杀毁灭，泄愤为务。而董卓死，天下乱，董承也因为手中的实力，成为一股举足轻重的武装，而且得以掌握着汉献帝这张牌，重温董卓君临天下的威风，对他这样一个边鄙小人来说，不啻为天大诱惑，能不朝思暮想地憧憬吗？

因此，在汉献帝自长安返回洛阳途中，

三国志像，绣像金批第一才子书，毛声山评点，金圣叹序，清初刊本大魁堂藏版

参与到董卓余党和"白波帅"余部的争夺汉献帝厮杀中,董承的手伸得很长。虽然,当时每个角逐者,都打出忠君保主旗帜,但董承的国舅招牌,还是很有卖点的。他认准一条,奇货可居的汉献帝,是始终不敢撒手的。汉献帝到洛阳后,董承、张杨、杨奉、韩暹,因护驾有功,皆假节钺。接下来,驻扎在城内的董承、韩暹,水火不容,屯集在城外的张杨、杨奉,矛盾日深。于是,就有了《后汉书》上这一句:"(韩)暹矜功盗睢,干乱政事,董承患之,潜召兖州牧曹操。"

董承自以为得意,殊不知引狼入室,反受其噬,最后,把小命都搭上。凡小人,无不绝顶聪明,但怕就怕聪明过度,则聪明反被聪明误了。

这时,曹营来了另一个姓董的,济阴定陶人董昭。他对曹操说:"明公兴义兵以除暴乱,入朝辅佐天子,此五霸之功也。但诸将人殊意异,未必服从:今若留此,恐有不便。惟移驾幸许都为上策。然朝廷播越,新还京师,远近仰望,以冀一朝之安;今复徙驾,不厌众心。夫行非常之事,乃有非常之功,愿将军决计之。"这句话正好说到曹操的心坎上,"操执昭手而笑曰:'此吾之本志也。'"曹操也是很有一点虚荣心的,什么非常之人,做非常之事,这份投名状,曹操欣然笑纳。

董承引曹操"勤王",本意是驱除韩暹,若韩暹除了,他得以独霸汉献帝,一时心满意足,那别提有多高兴。但没想到,曹操听董昭之计,说洛阳一时难以修复,请汉献帝移驾许都,董承当时就麻爪了,闹了半天,白闹,真正摘到桃子的,却是他引来勤王的曹操。于是,董承哪里受得了这半路打劫,凉州人那种骁勇善斗、决不认输的韧性,使他不甘失败,不能雌伏，遂策划出来"衣带诏"的复辟事件，地下串联了长水校尉种辑、议郎吴硕、王子服、吴子兰，以及刘备。准备通过医生用鸩药毒死曹操，败露，全军覆灭。幸亏刘备做过小本生意，一看形势不好，要滑头，先就撤了，保住一条命。

据吕思勉分析，这衣带诏是否出自汉献帝之手，大可存疑。因为汉献帝刘协的智商，要大大高于这位国舅。

政变和复辟，是数千年宫廷斗争中的家常便饭，同样也是世界上缺乏民主和文明的极权国家里，时不时发生的事情。一个国家里面，只要存在着拥有权力，但有统治危机的集团，和企图夺取（恢复）权力的，已经羽毛丰满，并且跃跃欲试的集团，这两股敌对势力，进行流血和不流血的对抗，便是不可避免的。但董承假托汉献帝名义的这次衣带诏行动，是在曹操的统治绝对巩固，而反曹操的各派势力尚未集结的时机，又在原属曹操控制的许都地区发动这次复辟起义，无论在时间和空间的选择上，都是错误的，怎能不失败呢？

陈寅恪说："读史者于曹孟德使诈使贪，唯议其私人之过失，而不知实有转移数百年世局之作用，非仅一时一事之关系也。"凡符合时代进步和改变世局的潮流，大势所趋，任何反动，都会是徒劳无功的。

韬晦，最好的保护色

第二十一回（上）：曹操煮酒论英雄

　　曹操煮酒，款待刘备。天忽下雨，"从人遥指天外龙挂"，曹操就从龙谈起，"龙能大能小，能升能隐；大则兴云吐雾，小则隐介藏形；升则飞腾于宇宙之间，隐则潜伏于波涛之内。方今春深，龙乘时变化，犹人得志而纵横四海"。龙，为中国人心目中的图腾，也是此刻曹操毫不谦虚的自况。接着，这张大嘴，开批当代人物，每一句话都很到位。但其目中无人，傲倨自负，顾盼天下，唯我独大的神气，也不完全是酒喝高了以后管不住舌头，而是他确有条件争霸天下，那英雄之心和自得之情的自然流露。曹操愤青，非自一日，但今天所说，除把自己和刘备说成是天下仅有的两位英雄，抬举刘备，有些虚伪外，对于海内诸侯以及其他诸公的评语，倒也八九不离十的准确。刘备被捧，当然很受用。要放在过去，他怕是早踌躇满志了。

　　记得刘备做平原相时，太史慈为孔融请他出兵救陶谦，他很得意地问过："孔北海知世间有刘玄德耶？"那时，他只求被人承认是诸侯角逐中的普通一员，便满足了。等到与吕布平起平坐，与曹操有来有往时，他知道自己已是举足轻重

三国志像，绣像金批第一才子书，毛声山评点，金圣叹序，清初刊本大魁堂藏版

了。直到被汉献帝呼为皇叔，而后又被董承邀请参加反曹操的神圣同盟时，他才真正意识到自己的分量和价值。于是，刘备开始重新设计后半生，以参与最高权力的角逐为奋斗目标。曹操这一捧，刘备惊喜有之，恐惧更多，摆脱曹操的羁縻，远走高飞，这是他的当务之急了。但愿曹操的抬举，只是随口说说，因为只有他刘备陪着喝酒，换个对象，张备、李备，曹操也会恭维两句的。

在一个竞争的社会里，两强对立冲突，不共戴天，是矛盾；双方信誓旦旦，拥抱接吻，不等于就不存在任何矛盾了。强与强，固然是矛盾，强与弱，又何尝不是矛盾？因为弱方要强起来，强方又不甘于弱下去。实力并不平衡的两方，也存在着强对弱的蚕食，弱对强的反抗。强无时无刻不在抑制着弱的发展，弱也须臾不忘壮大自己的实力，以期有朝一日真正强大。这样，为了未来长远的打算，刘备就不得不在曹操的眼皮底下讨生活。韬晦，是最好的保护色；韬晦，也是最经典的藏身之计。然而，最好的韬晦，还是尽早尽快地离开那双洞穿你肺腑的眼睛，那双能扼断你喉咙的手，远走高飞，才是万安之计。

曹操放走刘备，自是败笔。程昱说"放龙入海，纵虎归山"，这个"龙"字，曹操听了肯定很不受用。郭嘉说"一日纵敌，万世之患"，这个"患"字，也让精明的曹操脸上挂不住。但曹操到底是真英雄，回答手下的良臣勇将，八个字，掷地有声："我既遣之，何可复悔！"

只此一语，丈夫气十足。一诺千金，焉能食言？尽显其气派和魄力。谁也不能保证，自己所作所为百分之百地正确；

谁也不能断定，一辈子不出错。出了错又如何？水来土掩，兵来将挡，有肩膀，敢承担，亡羊补牢，而不吃后悔药，也足够汉子精神了。

刘备急于脱身而去，不能说与在衣带诏上署了"左将军刘备"五字无关。张辽奉命来请他，一见面，曹操问他在家干的好事，这"好事"二字，将他吓得半死。所以，刘备甩开羁绊，往好处想，将来可以外合内应，先走一步；往坏处想，衣带诏万一败露，他就吃不了兜着走，怕没有好下场了。小农经济加之小本经营的刘玄德，精于打小算盘。这次复辟成功率有多大，他是将信就疑的，只是看在皇叔的分上，不得不入伙耳。遂以打袁术为借口，前往徐州。

再说，曹操压根就未把刘备看成真正的对手，放你一马，又能如何？徐州刺史车胄是曹操的人，收拾刘备易如反掌。这一次，曹操真的失算了，他疏忽了强龙不敌地头蛇的道理。地方上的士族集团、豪强富绅、名门大户、文化名流，其实际操控能力，远胜铁打的衙门里那些流水的官。刘备早与当地首户糜竺联姻，在徐州这码头上混得风生水起，得其所哉。曹操见此，密令车胄图谋刘备，并未委派陈登父子这对双面间谍下手，显然，曹是留了心眼的。但傻乎乎的车胄，却去找这两位名士出招，与虎谋皮，结果把自家小命也搭上了。

数字迷信要不得
第二十一回（下）：关公赚城斩车胄

　　汉献帝想复辟，授衣带诏于国舅董承，秘密串联，策划推翻曹操。适西凉太守马腾来访，经试探后"遂邀腾入书院，取诏示之。腾读毕，毛发倒竖，咬齿嚼唇，满口流血，谓承曰：'公若有举动，吾即统西凉兵为外应。'承请腾与诸公相见，取出义状，教腾书名。腾乃取酒歃血为盟曰：'吾等誓死不负所约！'指坐上五人言曰：'若得十人，大事谐矣。'承曰：'忠义之士，不可多得。若所与非人，则反相害矣。'"

　　我不明白马腾为什么要"若得十人，大事谐矣"。做这种事情，应该是成员越少越好，范围越小越好，这样，精练便于行动，精干易于保密。但显然，马腾的心目中，"十"意味着完整、完全、圆满、终极，意味着顶天立地，无以复加，再也超不过了。所以，十分的满意，十足的成色，十成的收获，十全十美的结果，便成了中国人努力要达到的极致境地。

　　扩而大之，中药的十全大补，中乐的十面埋伏，中国画的十美图，中国民间曲艺的打十番。中国人犯了罪的十恶不赦，连旧社会的上海，也一定要叫作十里洋场。接下来，十年寒窗，十年生聚，十年教训，十年辛苦不寻常，十步之内有芳草，都表示只用上这个十字，才是一种无法逾越的极限、顶点。因此，对于"十"这个数字的过分在意，过度敏感，是这个世界上只有中国人才有的文化心态。

我不知道这样的绝对主义，形而上学的僵硬死板，是不是起到阻碍人们思想的作用？如果已经达到了顶点、饱和、终结、完成的状态，人们还需要努力奋斗吗？还有必要再去争取，再去开拓吗？

所以，对于中国人特别热爱的这个十，就要一分为二地看了。一定要到十，不达目的不肯罢休，有其积极意义。但够了十，便不图十一、十二，不想取得更大进步，恐怕就有一点欠缺了。因为生活从来是不会停滞的，道路永远是向前的，人的生命在没有结束之前，也是不会有终点站的。所以，十，不能是努力的尽头。

是十就是十，不是十就不一定非十不可，这才是讲求实事求是的科学态度。

汉献帝复辟的最重要信物衣带诏所托非人。他让国舅董承携此复辟诏书，世上哪有此等秘密工作者——就在伏几而卧的片刻，便事泄于王子服，然后又有种辑、吴硕，然后又有韩遂、刘备，这种毫无警惧之心的地下活动，焉有不败之理？对政治家来说，无永久的朋友，也无永久的敌人，一切以利害为准。

因此，不能轻信他人，不能感情用事，不能久拖不决，不能放松戒备。因为在政治斗争中，敌我友各派力量总是要在适应客观情况下的变化，不停地分化并不停地重新组合。合纵也好，连横也好，任何歃血同盟或是签字画押的联合协

三国志像，绣像
金批第一才子
书，毛声山评
点，金圣叹序，
清初刊本大魁堂
藏版

议，都属于短期行为。谁也不能保证墨迹未干，
而双方是否已离心离德、分道扬镳，所以条约
只不过是一纸空文。同样，昨天在疆场上厮杀
的仇敌，今天拥抱在一起，亲密得难解难分，

不是什么稀奇的新闻。早晨还不共戴天，势不两立呢，到了傍晚，把酒言欢，尽释前嫌，俨然像暹罗双胞胎，进入无差别境界，又有什么不可能的呢？

所以，传统的道德观念和中国人旧有的文化心理，以及"礼、义、仁、智、信"，"温、良、恭、俭、让"的孔孟之道，显然在这样的阶段只可放在口头上说说而已，要是当真，这个政治家可能有感召力，但成功的希望却会由于他的迂腐而丧失殆尽。

刘备不久前还在相府小亭里煮酒论英雄，一转眼间，就杀了车胄，叛了曹操。刚把袁术杀得尸横遍野，血流成渠，袁术本人也吐血斗余而死，现在刘备居然去向袁术之兄袁绍求助。而袁绍竟也不顾手足之情，答允出兵救援。一切的不可能变为可能，而一切的可能变为不可能，所有决定统统以各自的切身利益为基准。

马腾走了，刘备跑了，十人之数还未凑够，复辟图谋却败露了。看来，数字迷信要不得。

以弱胜强的关键

第二十二回（上）：袁曹各起马步三军

　　官渡大战，是曹操和袁绍两军在公元 200 年（东汉建安五年）进行的一次决战。双方投入的兵力，按清人赵翼的统计"袁绍兵十余万，曹操兵仅十分之一，击破之"。所以，这场大战也是中国战争史上以弱胜强的一次经典战例，凡军事院校，包括美国西点，都要列入教材的。曹操一生戎马生涯，身经百战，其中最出名的就是这次官渡大战和稍后的赤壁之战，一为大胜，一为大败，若不以成败论英雄的话，他是当之无愧的战神。

　　这场决战，以实力论，曹操拥兖州、徐州，以及以许都为中心的河南东部，而袁绍则据幽州、冀州、青州、并州。双方所占地盘，袁远大于曹，周旋余地大，动员兵力多。而曹的身后，则很不太平，南有刘表，东有孙策，其间还有张绣的凉州军，都会抽冷子出手，让他处于腹背夹击的狼狈中。再说，还有一个刘备，不能不加以防范。所以，曹的周边处境，远不如袁绍那样稳定。

　　这一仗是非打不可的。第一，强吃弱，大吃小，这是动手的前提；第二，即使曹不想打，袁也要打；第三，曹挟天子

三国志像，绣像金批第一才子书，毛声山评点，金圣叹序，清初刊本大魁堂藏版

以令诸侯，袁绍最为不爽，而与他抱同样心情者，如中原的士族阶层，如天子身边的保皇党，都寄托希望于袁绍，打赢这一仗，他们也能翻身。

因此，曹操必须应战。他之所以敢于动手，也是他对袁绍吃得太透，从十八路诸侯讨董卓起，他就太了解此人之外强中干了。"外宽雅，有局度，忧喜不形于色，而内多忌害，皆此类也。"别看他"鹰扬河朔，然皆外宽内忌，好谋无决，有才而不能用，闻善而不能纳"，很明显，袁绍是一个志大才疏、有胆无略、刻薄寡恩、刚愎自用的样子货，看起来挺唬人，实际上鸦鸦乌。

决战之前，曹操为避免腹背受敌，已先纳张绣，再击刘备，一方面选择易守难攻的官渡与袁绍会战，一方面声东击西，于白马击斩袁将颜良，挫其锐气。然而，双方对垒官渡，相持数月。打消耗战，那是实力，更是意志的血拼，其间曹操因兵疲粮缺，一度欲回守许昌。他的首席谋士荀彧，给他写了封信："今军食虽少，未若楚、汉在荥阳、成皋间也。是时刘、项莫肯先退，先退者势屈也。公以十分居一之众，画地而守之，扼其喉而不得进，已半年矣。情见势竭，必将有变，此用奇之时，不可失也。"

所以，吕思勉评价这次官渡之战："淳于琼等既破，张郃复降，据《三国志》说：袁绍的兵就此大溃，这大约因袁绍的兵驻扎日久，锐气已挫，军心又不甚安宁，遂至一败而不可收拾。曹操攻淳于琼，固然有胆气，也只是孤注一掷之举，其能耐，倒还是在历久坚守、能挫袁军的锐气上见得。军事的成败，固然决于最后五分钟，也要能够支持到最后五分钟，才有决胜的资格哩。"战争，就是这样残酷，坚持就是胜利。吕先生认为曹操之胜，胜在他的"咬定青山不放松"上。

其实，曹操之胜，胜在坚持，更胜在袁绍营垒内部的纷争不和、分裂对立上。兵多而指挥不明，将骄而政令不一，谋士拉帮结派，统帅各自为政，若善善而不能用，恶恶而不能去，即使无强敌临门，自己也会先行崩溃瓦解的。荀彧启发他："此用奇之时，不可失也。"更何况曹操是劫粮的老手，经此提醒，茅塞顿开，率五千精兵，奔袭袁军乌巢粮囤，然后，一把火将袁军粮秣统统烧个精光。打仗的兵，是要吃喝的，一听粮没了，军心也就乱了、散了，溃散有之，逃亡有之，归降有之，反戈一击者有之。曹操全面出击，袁绍全面瓦解，一支十余万人的大军，只剩下八百余骑护拥着袁氏父子，仓皇北逃。

曹操以其非凡的才智和勇气，写下了他军事生涯最辉煌的一页。

第二十一回

讲政治的高手

第二十二回（下）：关张共擒王刘二将

　　曹操与袁绍的官渡决战，有人认为是寒族所代表的进步势力，与士族为代表的保守势力间的一次生死较量，而国学大师钱穆认为它不到这样的高度："曹操为自己的家世，对当时门第，似乎有意摧抑，有名的魏武三诏令，明说'惟才是举'，虽'不仁不孝'亦所勿遗。他想要用循名责实的法治精神，来建立他的新政权。但是曹家政权的前半期，挟天子以令诸侯，借着汉相名位，铲除异己。下半期的篡窃，却没有一个坦白响亮的理由。《魏武述志令》自称：'天下无有孤，不知几人称王，几人称帝？'此不足为篡窃之正大理由。曹氏不能直捷效法汤、武革命，自己做周文王，三分天下有其二；而其子依然不能做周文王，既已大权在握，汉献帝亦无过，必做尧、舜禅让，种种不光明，不磊落，总之，攘夺政权的后面，没有一个可凭的理论。"

　　所以，说到底，曹和袁的这场厮杀，仍是两个军阀的地盘斗争，只不过是最后一次的彻底摊牌而已。曹操孤注一掷，胜者为王，袁绍连续失误，认输出局。至于寒族或者士族，进步或者保守，这些政治标签都是后来人给贴上去的。

但是，曹操确实很政治，你不得不佩服。官渡战后，进冀州，第一件事就是去拜访当地著名人物崔琰。当然，崔琰最后被曹操处死，是十多年以后的事，但此时此刻，战火刚刚过去，硝烟尚未退尽的这座古城，崔琰却是一位

三国志像，绣像金批第一才子书，毛声山评点，金圣叹序，清初刊本大魁堂藏版

举足轻重的人物，他的一动一静，对冀州百姓有着莫大的影响。按说，曹操是胜利者，其身份为丞相，差一门下，传话于他，他一个降官，曾经做过袁绍的幕僚，焉敢抗命，还不三步并作两步，来到行营报到？曹操没有这样做，反而亲自登门请益。因为在那个讲门第的时代，姓氏就是你的第一身份标志。清河崔氏，山东望族，曹操不得不另眼相看。他将袁绍打败后，必须将那些在精神上更靠近袁绍的贵族，转化为支持自己的力量。《魏略》中说："明帝时，崔林尝与司空陈群共论冀州人士，称琰为首。"可见其在当地声誉之高。尽管曹操反贵族，但并不反与他合作的贵族，更不反他用得着的贵族。而汉献帝建安二十一年（216），他自封魏王后，就因为这位贵族，非但不与他合作，还要与他对抗。留下崔琰，只能给自己添麻烦，遂处死了他。

《三国志》记载了曹操和崔琰的这次谈话，想不到曹操竟是这样阳光开朗之人。"太祖破袁氏，领冀州牧，辟琰为别驾从事，谓琰曰：'昨案户籍，可得三十万众，故为大州也。'琰对曰：'今天下分崩，九州幅裂，二袁兄弟亲寻干戈，冀方蒸庶暴骨原野。未闻王师仁声先路，存问风俗，救其涂炭，而校计甲兵，唯此为先，斯岂鄙州士女所望于明公哉！'太祖改容谢之。于时宾客皆伏失色。""改容谢之"的曹操，与那个"宁我负人，人毋负我"的曹操，恐不啻天渊之别了。

孔子二十世孙孔融也是这样。曹操处死他时为汉献帝建安十三年（208），理由是他不孝，这当然是找不到理由的理由了。官渡之战期间，他是一个公开的反对派，大唱反调，蛊惑人心，按《紧急状态法》，是可以军法处置的，但曹操对他不闻不问。《三国志》称："建安三年，太祖既破张绣，东禽吕布，定徐州遂与袁绍相拒，孔融谓彧曰：'绍地广兵强，田丰、许攸，智计之士也，为之谋；审配、逢纪，尽忠之臣也，任其事；颜良、文丑勇冠三军，统其兵，殆难克乎！'"即使如此嚣张，曹操也未将他治罪。

而且，战后，从袁绍军部抄出大量许都方面，上自宫廷、下至朝廷、大小官员包括反曹派、投降派，与袁绍通风报信、联络感情、透露消息、出卖情报者的信件、资料，这些送到曹操面前，大有铁证如山之意。想不到这个曹操，连看的兴致也没有，让部下一一焚毁。他说，那时候，连他都忐忑不安，何况他们？

这个曹操，简直太政治了，你会相信他不曾过目乎？

第二十三回

文人的天敌

曹操并未杀祢衡，但祢衡却因此被送到刘表处，刘表又把他送到黄祖处，结果还是因那张骂人的嘴掉了脑袋。不过，账却算在曹操头上，说他借刀杀人。曹操也不在乎，并不出面更正，只是说了一句："腐儒舌剑，反自（讨）杀矣！"

祢衡式的勇敢，固然值得一赞。但裸衣骂贼，既有他性格上的"尚气刚傲，好矫时慢物"的因素，也有他精神上的自负、自恋、自大、狂躁的成分，更是孔融、杨修这两个老油条忽悠的结果。二十四岁，死于非命。击鼓骂曹，固然痛快淋漓，但孤注一掷的战斗，从此成为笑谈，这就是知识分子的既勇敢又脆弱，有胆量无谋虑的弊病了。这位击鼓骂曹的主角，忘了鸡叫天亮，鸡不叫天也亮的道理，太看重自己的话语权。光着膀子，骂了半天，犹如投石水中，两圈涟漪过去，复归平静，一场无用功，何苦来？骂了一通，等于没骂，他改变不了别人，别人却改变了他，

中国历来的知识分子，可分为拥护统治者和反对统治者，以及间于其中的既不拥护也不反对，或一时拥护多些反对少些，或一时反对多些拥护少些的这样三种类型。极其拥护者，

遗香堂绘像三国志，明末安徽新安黄氏刻本

成为俯首帖耳的御用文人，饵之以利，赏之以名，随班唱和，装点斯文，好办；极其反对者，成为持不同政见分子，言论获罪，文字有狱，焚书坑儒，钳口结舌，也好办。但此两类人加在一起，在知识分子总量中，并不占多数。

所谓"两头小，中间大"，主要指处于中间状态的这大多数，也是中国历来的统治者最感头疼的一拨。重了不是，除了独夫民贼，整个社会出现"万马齐喑"的局面，总是不正常的政治现象；轻了也不是，因为中国知识分子的忧患意识强烈，在统治者与被统治者之间，他们很自然地要和大多数人心气相通，若不仅止于腹诽的话，必有许多令统治者挠头的事发生。这帮人是一柄双刃剑，谁在台上，都会为难的。像孔夫子对女子和小人的评价一样："近之则不逊，远之则怨。"

杀，大概不是办法，至少不是最佳之计。千百年来，统治者又何尝手软过，但所谓的"士"，也就是知识分子，虽百死也无一悔，那分忧国忧民之心，仍然如故，而且也不乏祢衡式的勇敢者。所以，只好从孟子说的"得道者多助，失道者寡助。寡助之至，亲戚畔之；多助之至，天下顺之"来寻找统治者与知识分子磨合的途径。可这种寄寓于君主有道的乌托邦式的想法，究竟有多大的现实性，是值得存疑的。

曹操对待文人，常采取铁血手段。千古以来，这位大人物在对待文化人方面的名声，是不算甚好的。凡作家，有作品，有读者，有传之久远的可能。作家的脑袋可以割掉，但作家的作品可以活得很长。所以，历代统治者，若非独夫民贼，举起刀的时候，就得考虑考虑后果了。但曹操，没有这方面的顾虑。因为他自己就是作家，而且还是大作家，他的诗文写得比同时代的建安七子，怕还要出色一些。至少可以说是气势非凡，有大家风范。毛主席很欣赏他的《龟虽寿》，"东临碣石有遗篇"，对他的文学成就评价很高。

曹操对待文人之狠，原因有二。一是近代学者陈寅恪先生所说："夫曹孟德者，旷世之枭杰也。其在汉末，欲取刘氏之皇统而代之，则必先摧破其劲敌士大夫阶级精神上之堡垒，即汉代传统之儒家思想。"所以，他杀崔琰，杀孔融，杀杨修，杀祢衡，处置董承衣带诏案、吉平下毒案，都是着眼于"摧破其劲敌"，也就是以儒家思想为精神基础的士大夫阶级这个大目标，是半点也不温柔的。

其二，还应该看到孔融、杨修、祢衡都是他的文学同行，如果考虑到文人的天敌永远是文人的话，其间的嫉妒因素要是发酵起来，那是很可怕的。隋炀帝杨广讨厌词臣薛道蕴诗写得比他好，找了一个借口将他杀了，然后，悻悻然说："更能作'空梁落燕泥'否？"如果考虑到文人之间的嫉妒因素，拥有权力的人，也舞文弄墨的话，对于他统治下的文人来说，绝不是什么福音。

与可谋者谋之

　　与可谋者谋之，相得益彰；与不可谋者谋之，谈不拢也就罢了，若坏了大事，则反受其累。汉献帝刘协有一定水平，但无一定能力，当个窝囊皇帝，凑合，指望他做些事情，不行。所以，衣带诏本身就是多余的，精神感召，人格力量，足可以使追随者奋起，根本不需要一纸凭证。看来，伏完所荐非人，献帝所托非人，连个衣带诏都藏掖不好的无能之辈，还想搞什么阴谋？既然身负复辟重任，从事秘密工作，怎能意气用事，感情冲动，小不忍而乱大谋呢？因家奴与侍妾私语，董承处置过分，以致激生事变。看来这位国舅，只配做梦，不配做事。即或这回不栽倒在家奴告密上，早晚也要败在别的合作者不经意的差错中。

　　《三国志》关于这次事变，只有一句："（建安）五年，董承等谋泄，皆伏诛。"《后汉书》的文字稍多一些："（建安）五年春正月，车骑将军董承、偏将军王服、越骑校尉种辑受密诏诛曹操，事泄。壬午，曹操杀董承等，夷三族。"看起来，《三国演义》在处理这一段历史时，是本着"七实三虚"手法，加以夸张而呈现这一情节的。只是"偏将军王服"改为"侍

三国志像，绣像金
批第一才子书，毛
声山评点，金圣叹
序，清初刊本大魁
堂藏版

郎王子服"，"越骑校尉种辑"改为"长水校尉
种辑"，以及增添了议郎吴硕与吴子兰等。至于
马腾、刘备，显然是演义了。很显然，在曹操
眼皮底下，策划一场谋杀曹操的阴谋活动，一、
事宜速，不宜迟，迟则生变；二、人宜少，不

宜众，众口难调，恐怕应以《后汉书》所说这数人为准。至于那些后来者，均系演义笔墨，不可当真。按常识，阴谋活动，地下工作，非比俱乐部开联欢会，以人多热闹为宗旨的。

这说明，许都看似太平，其实并不太平。曹操将汉献帝裹胁到许都五年，他的政权还处于相当不稳定的状况下。很简单，这个世界上，有人快活，必有人不快活，当时，曹操显然要比刘协快活，所以，随刘协来到许都的官员从人当然不快活。因为不快活，就有了衣带诏，有了董国舅也是不足为奇之事。

至于那位太医吉平，当系罗贯中从《三国志》的《太祖纪》中"（建安）二十三年春正月，汉太医令吉本与少府耿纪、司直韦晃等反，攻许，烧丞相长史王必营，必与颍川典农中郎将严匡讨斩之"的史实中移植过来的。那是曹操死前一次严重的军事政变，主角为太医吉本，然而写到第六十九回"讨汉贼五臣死节"时，问题来了，此太医非彼太医，于是只好将二十三回的吉平，改为六十九回的吉本之父。作家在长篇小说中，时有这类缠夹不清的歧异，不得不从头至尾地修补，而小说是人物、情节的组合体，往往牵一发而动全身，所以，难免留下瑕疵，成为作品硬伤。罗先生（也许不是他，而是更早一点的说话人），完全忘掉曾经说过的"夷三族"了。三族，指父、子、孙，统统都是要杀掉的，吉太医满门抄斩了，怎么还有一个儿子而且还能当着太医参与军变呢？

这就是小说和历史的不同之处，小说作者笔下的自由驰骋，要比史官从容。正因如此，小说只是小说，演义只是演义，是不能当作历史的。

汉献帝建安五年（200），正是官渡决战不分胜负的关键时刻，也是曹操以弱势兵力与袁绍决一死战的拼命关头。曹操，一面集中精力在前线鏖战，一面还得提防后方反对派给他生乱。那时的许都城内，保皇派中的董承、吉平之流，密谋政变；拥汉派中的杨彪、郑玄之辈，彷徨观望；文化界中的孔融、祢衡之类，制造舆论，一些专业人士、中产阶级、士卒倡隶、下层人物，并不与曹同心同德，等着看他的笑话，甚至在统帅部的身边人员，还有潜伏的敌对分子，甚至发生过行刺暗杀事件。《资治通鉴》载："操常从士徐他（贴身保卫）等谋杀操，入操帐，见校尉许褚，色变，褚觉而杀之。"

　　暗潮涌动，危机四伏，风起云动，防不胜防，曹操应该不快活，日子并不好过，于是，只有大开杀戒，这也是封建社会统治者更迭期间难免的血雨腥风。老主子要夺回江山，新老板要巩固政权，不掉若干脑袋是不会定局的。

夹缝之中求生存

　　魏、蜀、吴三分天下，刘备一直是在颠沛流离之中，逐步拓展，最为步履艰难。

　　魏得天时（挟天子以令诸侯）、地利（中原腹地悉归于曹）、人和（谋臣良将、贤俊鸿儒均集中在许都），吴守江东一隅，励精图治。只有刘备，茕茕独立，无所依傍。他在未入蜀前，先后依吕布，投曹操，奔袁绍，直到向刘表、孙权寻求庇护，不止一次地置妻子家室于不顾，兄弟分散，仓皇逃脱，流离失所。比之曹操，比之孙权，他处于困境中挣扎奋斗的时间要多得多。

　　官渡决战，曹操并不急于动手，先是引兵黎阳，两军对垒，然后相持两月，互不动手。看起来似乎是在摸底，是在试探，其实不然。一是袁绍方面，高层尚未统一思想，迟疑不决；二是曹操方面，外部存在许多麻烦，需要打理。曹操的除吕布，逐刘备，拒袁术，抚孙策，这一系列举措，都是在为彻底消灭袁绍作准备，预先扫清周围，免除后顾之忧也。看来袁绍确实比他老弟袁术高明不多，曹操和刘备已经撕破脸，他为什么不见缝插针，煽风点火，加油添醋，挑拨离间？

只是一味地等着看笑话而不作为，真是不堪救药。

　　曹操扫清外围，先打次要之敌，然后集中兵力对付袁绍。部将们不理解："与公争天下者，袁绍也。今绍方来而弃之东，绍乘人后，若何？"操曰："刘备，人杰也，今不击，必为后患。"郭嘉曰："绍性迟而多疑，来必不速。备新起，众心未附，急击之，必败。"郭嘉这一番话，坚定了曹操暂时放下袁绍，先行攻打刘备的决心。

　　刘备其实是个军事白痴，《魏书》曰："备谓操与大敌连，不得东；而候骑卒至，言曹公来，备大惊，然犹未信，自将数十骑出望公军，见麾旌，便弃众而走。"按照刘备当时的薄弱兵力，根本不堪与曹操一战。所以，他抱有幻想，认为曹操未必真的要来收拾他，也未认真备战，确是事实。刘备又一次被扫地出门，抱头鼠窜而去。这对曹操来讲，去掉一大心腹之患。曹操煮酒论英雄时抬举刘备，未必当真，这回说"备乃人杰也"，可能是领教其哭鼻子式的韬晦确是独门功夫。因此，一个有能力的人，可用，也可不用；但一个有野心的人，则必防。他煮酒论英雄的时候，高抬着刘备的同时，也许就戒备着这位皇叔了。所以，将其赶出东线徐州，是预料中事，否则，曹操没法安心在西线与袁绍决战。

　　袁绍确系曹操的第一号劲敌，但他已呈衰势的现状全在曹操掌握之中，否则曹操不敢有与之决战的信心。刘备虽非等量级对手，可却是生气勃勃的对手，不容稍有懈怠，因此必须在其羽翼未丰之前解决，这也是人所尽知的战略。

　　俗话说，一山不容二虎，实在是世象的准确描写。三国初期，袁绍实力最强，称得上是霸主，曹操渐渐壮大起来，

三国志像，绣像金批第一才子书，毛声山评点，金圣叹序，清初刊本大魁堂藏版

当然不买账，于是，这两个人明摆着要决一胜负。刘备夹在当中难做人，如果他安心服低，侍候这两位中任何一位，饭总是有得吃的。然而他并不甘心当二等公民，就得游走于两强之间，于夹缝中求生存，寻出路。弄好了，鹬蚌相争，坐收渔翁之利；弄不好，走错一步，老本也得搭上。所以他不得不小心谨慎，步步为营，甚至放下身段赔笑脸，求这两位代为缓颊，明知曹操决不会轻饶，也不得不伪作谦恭，这就是刘备的厉害了。

　　在夹缝中求生存，当然也是一种磨砺。既要保存自己，不被吃掉，又要发展自己，以待来日。有求于他人的荫庇时，韬光养晦，保持最低姿态；利用列强彼此矛盾时，挑拨离间，可又不露痕迹。胯下之辱，称臣不贰，闻雷失筷，卧薪尝胆，都是为了一个远大的目标。"刘备的江山是哭出来的"，这句民间谚语倒是准确地描绘了刘备在创业过程中的艰辛。由于根基薄弱，实力不足，地盘有限，资历、声望、影响、权威还不到一呼百应的地步，所以只能在苟安中徐图奋进，在迂回间寻觅生机，因为空隙总是有的，善于把握住机遇，便会脱颖而出，一展宏图大志。

君子之泽，五世而斩
第二十四回（下）：皇叔败走投袁绍

　　袁绍早期是一个具有号召力的领袖人物。"袁绍字本初，汝南汝阳人也。高祖父安，为汉司徒，自安以下，四世居三公位，由是势倾天下。"如此豪门贵族，如此高官门第，可见他的声势威望，他的背景根基是多么了不起了。《三国志》还说他，"有姿貌威容，能折节下士，士多附之"，"当是时，豪侠多附绍，皆思为之报，州群蜂起，莫不假其名"，"绍外宽雅，有局度，忧喜不形于色"。他的家族因素、政治本钱，他的广大地盘、部曲实力，在当时诸侯中间，他与次强的曹操相较，大约是六与一的差距。自从会盟讨董失败以后，这位出身高门、四世三公的贵族子弟，在诸侯混战中，便一步步走向低谷。司马光在《资治通鉴》里说他"短于从善"，说他"外宽内忌，好谋无决，有才而不能用，闻善而不能纳"，这种官方评价，大抵是准确的。

　　历史就是这样爱开玩笑的，对于中国封建社会的高层统治者来说，这种急遽衰变的规律是很可怕，也很可悲的。"君子之泽，五世而斩"，应在袁绍、袁术身上，倒是再吻合不过。也许这些位高权重的帝王天子，养尊处优的公侯伯爵，衣锦食饫的世家豪门，优游卒岁的高官达贵，太过于耽迷声色，太过于消损禀赋，太过于耗费精神，特别是太过于放纵欲望——不光是性欲，还包括一切一切的欲，结果，反倒加剧人的生理机能退化，促使人的思维、智能弱化，正如熟得过快的瓜，未破先娄，外观还说得过去，内里早就烂透。

曹操则截然不同。一个是杀吕伯奢，"宁教我负天下人，休教天下人负我"的他，一个是释张辽、放关羽、哭典韦、烧密信、煮酒论英雄的他。无论前者，抑或后者，虽水火不通，但却是一个生龙活虎的英雄形象，远不是能用人物的复杂性、多面性来解释这个既杀人如麻，又情深意长，既斩钉截铁，又妩媚自如的人物。他的浪漫情调，他的阴损残酷，他的败而不馁，他的奸诈狡狯……所有这一切表现出来的生命活力，都不是那个光彩已去、颜色褪尽的袁绍所能企及的了。

袁绍到了官渡决战前夕，事实上已经进入颠倒错乱、悖反荒谬的人生末期，像这样一个行尸走肉，还能折腾多久呢？

《三国志》称："建安五年，太祖自东征备，田丰说绍袭太祖后，绍辞以子疾，不许。丰举杖击地曰：'夫遭难遇之机，而以婴儿之病失其会，惜哉！'"而在《三国演义》中演义得更为形象，田"丰即引（刘备派来的）孙乾入见绍，呈上书信，只见绍形容憔悴，衣冠不整。丰曰：'今日主公何故如此？'绍曰：'我将死矣。'丰曰：'主公何出此言？'绍曰：'吾生五子，唯最幼者极快吾意，今患疥疮，命已垂绝。吾有何心更论他事乎？'丰曰：'今曹操东征刘玄德，许昌空虚，若以义兵乘虚而入，上可以保天子，下可以救万民，此不易得之机会也，唯明公裁之。'绍曰：'吾亦知此很好，奈我心中恍惚，恐有不利。'丰曰:'何恍惚之有?'绍曰:'五子中唯此子生得最异,倘有疏虞,吾命休矣。'遂决意不肯发兵。田丰以杖击地曰:'遭此难遇之时,乃以婴儿之病失此机会,大事去矣,可痛惜哉!'"

一个小孩出天花(疥疮是皮肤病,不至于

三国志像,绣像金批第一才子书,毛声山评点,金圣叹序,清初刊本大魁堂藏版

到生命垂绝的地步），做父亲的爱子之心不难理解。但作为一军之帅，如此儿女情长，以恍惚为由贻误战机，便是不可思议的了。袁氏兄弟，名门之后，众望所归。但遗憾的是，前辈把风光全占尽了，到了他们这一代，便只有洋相可出了。我们领教过多少不争气的少爷们，是怎样连他们老爷子的脸都丢光了的啊！

为何关羽能成神

在中国，甚至在全世界，一部小说能将其中一个人物塑造成万民心目中的一尊神者，敬仰之，供奉之，祭祀之，膜拜之的，只有这部《三国演义》。

海内外华人信关帝、关圣、关公菩萨者，几乎与崇敬孔夫子的人数等量。家家户户的神龛里，供着关公菩萨，红烛高烧，无限虔诚。天南海北的关帝庙里，关云长和他的青龙偃月刀更被视作保护神膜拜。这使那些生前比上帝还上帝、死后比垃圾还垃圾的曾经大人物，在九泉下难以瞑目。为什么关羽至今供奉者众？为什么关帝庙至今香火旺盛？他不明白，同是造神，为自己造，为公众造，那后果是相当不同的。

为什么关羽能成神，一是因为他所向披靡的英武形象。每攻必克，每战必胜，让总是处于压迫下经常失败的老百姓神往不已，解恨不已。因为他有万夫莫当之勇，有拯危济难之仁。他的出现代表着仁义之师，他的到来意味着必胜之将。老百姓深知对付那些高高在上的统治者，还是青龙偃月刀最为管用。降魔压邪，驱恶镇妖，必须找一个有力量的神。有力量的神很多，都远在天宫，天底下的芸芸众生更需要人间

三国志像，绣像金批第一才子书，毛声山评点，金圣叹序，清初刊本大魁堂藏版

色彩的神。二是因为他那义薄云天的形象。他是"义"的化身，这个"义"，在老百姓心目中，更多的是江湖义气的"义"。施之以恩，报之以德，款之以情，还之以义，这"义"，正是那些毫无安全感的小民们，所期求的相互之间的盟契基础。三是因为关羽的"义"，叫作有恩必报，这与正义、大义不完全是同一范畴的概念。无论你是谁，刘备也好，曹操也好，只要一片真心，以诚相待过我，那你在危急中我必能拔刀相助，豁出身家性命，虽万死而不辞来回报。这也正是人们不敬别的神，独敬关羽的缘故。讲究信用，看重诺，两肋插刀，济困解危，让总是无援求助下受欺凌的老百姓有所指望，有所祈愿。

人们为什么信神？主要是不信自己。为什么不信自己？是由于自己掌握不了自己的命运。为什么自己掌握不了自己的命运？因为在长期封建统治下的中国老百姓，实际上并未摆脱奴隶制中那种人身依附的层层契约关系，和绝无人身安全可言的"君要臣死，臣不得不死"的极权专制制度。不知何罪，全家籍没入官，财产充公，妻子儿女罚往边疆给披甲人为奴。不知何故，被株连九族，送上法场，枭首示众。在"闭门家中坐，祸从天上来"的恓惶状态下，无可求助的中国人，不仰赖于神祇的佑护，焉有他法？这种民众创造出来的神，要比统治者或个人迷信，或造神运动所强加给老百姓的神，生命力要长远得多。关羽因此能从小说中跳出来成为老百姓的神。

据《三国志》这部官方的史书，关羽只能算是一员虎将，与张飞、马超、黄忠、赵云并列。"关羽、张飞皆称万人之敌，为世虎臣。羽报效曹公，飞义释严颜，并有国士之风。然羽刚而自矜，飞暴而无恩，以短取败，理数之常也。"从这段评价看，关羽有万人之敌的绝对肯定的一面，有报效曹公的并不值得赞扬的一面，也有刚而自矜的明显是缺点的一面。就其战绩、政绩来看，也不能说是一个优秀的军事家或政治家。他不是一个超凡的人，然而他却成了神，这是个很值得研究的造神现象。

某关帝庙的对联这样写着："匹马斩颜良，偏师擒于禁，威武震三军，爵号亭侯君不忝；徐州降孟德，南郡丧孙权，头颅行万里，封称大帝耻难消。"绝大多数关帝庙，无不都是颂其武艺功勋，赞其操行德守，褒其忠贞刚烈，敬其义薄云天，还真少见如此两分法的持平之论。

关羽投降曹操的污点和成为天神的光辉，是令罗贯中们难以自圆其说的矛盾。有一出京剧叫《古城会》，就表演的这段辩降释疑的故事。在芒砀山落草的张飞，因关羽降曹，大加责难，一时间产生出要杀掉他的念头。他也为无法辩白而苦恼，怎么讲，他是真正投降了的。正好，蔡阳追来，为关云长洗清自己献上了一颗头颅，一刀下去，兄弟尽释前嫌。但关羽曾经投降过曹操的事实，就能一笔勾销了吗？

不能不说的文字奇迹

诛颜良，斩文丑，是关羽温酒斩华雄后，又一场武艺超群的表演。特别在极写了他降汉不降曹的大义，极写了他矢志于兄长的忠诚，极写了他对金钱美色的毫不动心，极写了他秉烛夜书的正气浩然之后，突然间，金鼓齐鸣，万马奔腾，匹骑单刀，杀将过来，只见他如入无人之境，于波开浪裂的百万军中，取上将之头，读至此，焉能不随之热血沸腾？

中国人最爱造神，甚至造自己为神，让大家顶礼膜拜，其实都是用来愚弄老百姓的，唬得一时，唬不了永久。只有《三国演义》造出来的这个关羽，具有意想不到的长远生命力。小说的一个人物，能够跳出小说，成为万民崇敬、功垂千古的神灵，不能不说是作家的文字奇迹。

关羽之忠诚如一，不事二主，竭诚报效，肝胆相照，也符合历代统治者驾驭臣民使其效忠的需要。于是他的封号，由汉献帝的"汉寿亭侯"，到刘备的"前将军"，到刘禅的"壮缪侯"，到宋徽宗的"忠惠公"，到元文宗的"武安王"，到明万历的"三界伏魔大帝神威远镇关帝圣君"，到清代顺治、乾隆的"忠义神武关圣大帝"，一级一级地上升，最后他成了中

三国志像，绣像
金批第一才子
书，毛声山评
点，金圣叹序，
清初刊本大魁堂
藏版

国人最普遍的信仰神，而且是官民两用的神。
同是这个关羽，被那些最底层的老百姓，最普
通的中国人，自发地而不是强迫地，发自内心
地而不是走走形式地虔诚敬奉。所有关帝庙，
必有红脸关公和黑脸周仓的塑像。红与黑，这

种中国人的色彩观，也寓含着老百姓心目中的期求。因为，在脸谱中，红色代表赤胆忠心，强烈壮伟，黑色代表刚毅勇猛，铁面无私。一旦世界上有了忠诚和公正，老百姓还有什么奢求呢？

对历代施政者而言，政策朝令夕改，法令动辄变易，经常失信于民，许诺不轻易兑现，已成为家常便饭。帝王将相经常撕毁与被统治者的契约关系，把他们弄怕了。所以，即使老百姓安分守己，交粮纳赋，想当个顺民，过个安生日子也不容易。于是，对于关羽这种忠实信义、仗义轻财、一诺千金、舍死相从的品德，从敬佩到信仰，就积淀义字当先、生死不计、互相信任、彼此扶持的文化心理。所以，关羽成为老百姓的神，也非偶然。老百姓需要这样能保护自己的神，与统治者需要这样能为自己所用的神重叠起来，这也是关帝庙多于孔庙的原因。

关云长千里走单骑，过五关，斩六将，正史上是并无记载的。《三国志·武帝纪》里只有"关羽亡归刘备"这区区六个字，《先主传》和《关羽传》里也都是如此说法，但民间艺人却能演绎出这样大段跌宕起伏的故事，这是和历代老百姓对于关羽的崇拜分不开的。人，一旦被神化起来，随之而起的舆论造势，精神烘托，文艺渲染，宣传灌输，必然会有许多子虚乌有的光荣正确，不足凭信的英明伟大，这些头顶上的光环多了、久了，虚的变成实的，假的化为真的，也就成了浸润历史的"真实"。

小说的一个人物，变成一个远比小说中所刻画的那个形象更高大、更庄严，成为万民崇敬、功垂千古的神灵，也与国人普遍的文化程度不高，文明水准不足，比较容易接受造神这类的低级蛊惑分不开。《三国演义》一开头，张角举事，"吾乃南华老仙也"，看来，统治者就是善于造各式各样的神来愚弄老百姓，让大家顶礼膜拜。但不论造得多么神乎其神，终究有倒牌子的一天，只有《三国演义》造出来的这位关帝、关圣、关公菩萨，他的被崇拜度丝毫没有衰减。

关云长最后死在陆逊、吕蒙手里，输得非常之惨，从此落下个"只提过五关斩六将，不提走麦城"的经常被引用的讥诮之语。可见后来人敬重之余，对他的失败，多少也认为是他老人家咎由自取了。

以辩证法看一件事，以两分法看一个人，这才是我们正确认知这个世界的方法。

不在将兵，而在将将

第二十六回（上）：袁本初败兵折将

这一回虽极写关羽之勇，之信，之义，之光明磊落，之胸怀坦荡，但也写了袁绍两杀刘备，近乎儿戏的悖谬，以及曹操力留关羽无所不用其极的殷切。当然，这一切，都是文学家的渲染了，但是，政治家因乎需要而作过分入戏的表演，又当另说。仅从这一点皮相而言，从留住人才这个角度，袁绍远逊于曹操，最终败于曹操，也是必然的定局。

刘邦与项羽决一死战时，韩信是为他出了很大力气的。但刘邦坐稳江山后，不放心韩信，要动手收拾这员大将。韩信说"飞鸟尽，良弓藏；狡兔死，走狗烹"，知道是到了急流勇退的时候，放弃军权，到刘邦的眼皮子底下来当寓公了。有一次，刘邦和这位失势的将军聊天，问他："像我这样的军事指挥水平，能统帅多少军队？"韩信回答："陛下至多只能统领十万人马。"刘邦问："那么你呢？"韩信说："臣，当然是多多而益善了！"刘邦哈哈大笑："你既然多多益善，为什么现在被我抓住了呢？"韩信说："陛下不能将兵，而善将将，所以我就被陛下擒拿住了。"

一个统帅，并不在将兵，而在将将。

三国志像，绣像金批第一才子书，毛声山评点，金圣叹序，清初刊本大魁堂藏版

关羽披挂上阵，先诛颜良后杀文丑，报效立功，削弱了袁绍的强势，其实是曹操的功劳。他能驱使并不真心降他的一员大将，在战场上为他驰骋，可见他驭将的本领。若是他像袁绍一样，动不动把刘备推下去斩首来对待关羽的话，恐怕关羽未必自告奋勇跃马上阵了。

袁绍为幼子之病形销骨立，痛不欲生，失去了绝好的战机。幕下良臣，如田丰，如沮授，只不过表示了一些不同意见，忤触了他，便一个被关进牢房，一个被弃置不用。而对刘备，忽而阶下囚，忽而座上客，若不是走投无路的话，刘备恐怕一天也不会在袁绍处待下去的。这种部下离心离德、众叛亲离的人，鲜有不一败涂地的。

所以，作为一个统帅，发现人才、善用人才是至为关键之事。选贤与能，擢优任良，恩威并施，赏罚分明，方能成就一番大事业。当韩信最初受萧何之荐投奔刘邦时，也有过一次谈话："大王自料勇悍仁强，孰与项王？"汉王默然良久曰："不如也！"信再拜贺曰："惟信亦以为大王不如也，然臣尝事之，请言项王之为人也。项王喑哑叱咤，千人皆废，然不能任贤属将，此特匹夫之勇耳。项王见人，恭敬慈爱，言语呕呕，人有疾病，涕泣分食饮；至使人有功当封爵者，印刓弊，忍不能予；此所谓妇人之仁也。"

奖励有功人员的大章，捏在手里舍不得给，那这些将领还会身先士卒为你卖命吗？淮阴侯这番话，是有深刻道理的。

将将，前为动词，后为名词，善将将者，即关于统率将领的帅，三国时期的曹操，称得上是个一流的军事家。三国时期的大部分疆土是他在统治着，而在汉代最为头疼的北方少数民族的扰边问题，在他的镇抚下，相对平静到晋代中叶。而曹操能够成就事业，和他的英武，他的抱负，他的决策，他的用人是分不开的。

关云长终于留不住，走了。如果曹操真不想放他走，他插翅也难飞出牢笼。如果曹操想造个人舆论，完全可以通过新闻媒介大张旗鼓地宣传一番。他只是让张辽先行一步，然后十数骑匆匆赶上，不正表明曹操送行之诚意吗？那个傻瓜蔡阳不服，定要去追杀时。曹操叱曰："不忘故主，来去明白，真丈夫也，汝等皆当效之。"放走一个关羽，但树立了一个给麾下将领仿效的活榜样，他得到的肯定要比失去的多。然后，曹操到底赶来送关羽一程。先是赠金，关羽谢了，再赠锦袍，就有了下面一段对话：

"操笑曰：'云长天下义士，恨吾福薄，不得相留。锦袍一领，略表寸心。'令一将下马，双手捧袍过来。云长恐有他变，不敢下马，用青龙刀尖挑锦袍披于身上，勒马回头称谢曰：'蒙丞相赐袍，异日更得相会。'遂下桥望北而去。许褚曰：'此人无礼太甚，何不擒之？'操曰：'彼一人一骑，吾数十余人，安得不疑？吾言既出，不可追也。'曹操自引众将回城，于路叹想云长不已。"

"叹想不已"四字，不得不膺服这位善将将者的大手笔了。

谋士之战

　　袁绍在曹操眼中，曾经是庞然大物，不得不买他的账。一、四世三公的家族背景；二、冀、青、幽、并的地盘实力；三、折节下士的优雅名声；四、登高一呼的领袖风度。这些使得曹操不得不放下身段，在他一手促成反董大联盟后，将盟主的位置让给他。因为袁绍的实力太强，曹操不得不顾全大局，忍气吞声。这一次合作，曹操最大的收获，就是发现这位大人物，盛名之下，其实难副。一方面把他当回事，一方面也不甚把他当回事了。当回事，因为实力的六比一差距；不当回事，他其实没有什么了不起。这种矛盾的统一，实际上是战术上重视，战略上藐视的思想升华。

　　袁绍草包之处，迷信实力，有枪就是草头王，他认为只要拥有地盘和兵马，他就是大哥大。但曹操看透了他："吾知绍之为人，志大而智小，色厉而胆薄，忌克而少威，兵多而分画不明，将骄而政令不一，土地虽广，粮食虽丰，适足以为吾奉也。"曹操还有一句没有说出来的话，"我实力诚不如他，但我懂得如何任用智力，如何以道御之"。陈寿《三国志·魏书·武帝纪》里有这样一段记载："初，绍与公共起兵，绍问公曰：'若事不辑，则方面何所可据？'公曰：'足下意以为何如？'绍曰：'吾南据河，北阻燕、代，兼戎狄之众，南向以争天下，庶可以济乎？'公曰：'吾任天下之智力，以道御之，

三国志像，绣像金批第一才子书，毛声山评点，金圣叹序，清初刊本大魁堂藏版

无所不可。'"

世界上还没有一本书，能比得上《三国演义》，讲了这么多的权谋。而其中许多权谋，直至今天，还有其实用价值。当然，也没有一本书，像《三国演义》，讲了这么多的谋士。这种三国时的谋士，更接近于"智囊"，是进行战略决策时，为领导人提供方案的高级辅佐人才。曹操《遗荀攸书》说："方今天下大乱，智士劳心之时也。"表明了他十分地看重智士，看重智士的计谋对于治理天下的作用。在三国时期，拥有谋士最多、使用谋士最力者，就是这个曹操，所以，得益谋士最大者，也是这位魏武帝。

官渡之战，是决定曹操能不能立足于天下的最大考验，不消灭这个无论是军事上还是政治上的劲敌，曹操一天连觉都睡不安稳的。而且，袁绍手下的谋士，像许攸、沮授、审配、郭图，也都是一流的"智囊"。因此，曹、袁之战，也是一场谋士之战。结果，由于袁绍"多疑而寡决"，手下谋士又分帮结派，纷争倾轧，可以打赢的仗也打输了。在相持两月，久攻不下的时候，曹操也动摇过的，因为几无隔宿之粮，他写信给他的首席谋士荀彧商量，干脆不如撤兵算了。荀彧说："公今画地而守，扼其喉而使不能进，情见势竭，必将有变。此用奇之时，断不可失。"

大捷以后，他给皇帝上表，给荀彧请功，说得相当实事求是。"昔袁绍作逆，连兵官渡。时众寡粮单，图欲还许，尚书令荀彧，深建宜住之便，远恢进讨之略，起发臣心，革易愚虑，坚营固守，微其军实；遂摧扑大寇，济危以安。"他还设想，"向使臣退军官渡，绍必鼓行而前，敌人怀利以自百，臣众怯沮以丧气，有必败之形，无一捷之势。"所以，曹操承认荀彧的谋略，高过于他。"以亡为存，以祸为福，谋殊功异，臣所不及。"即使在今天，这样敢于襟怀坦白，承认自己"不及"部下的人，也是不太多的。

三国时期，像这样有远谋高见的智士，很多，甚至在袁绍军中，也曾经囊括了大部分河北名士，但他恰恰败在了不会用谋士上，所有的好主意，都被他优柔寡断、疑而不决的性格毁掉了。而他的谋士们，又陷于内讧和互斗的派系旋涡中，不能自拔，这样一支离心离德的军队，怎能不败在曹操手里。所以，并不是没有人才，而是要能发现人才，要能使用人才，要给人才提供发挥才能的条件和环境，更关键的是要成为尊重人才，使人才的智慧成果得到应有报偿的曹操式的决策者。所以，韩愈悲叹"千里马常有，而伯乐不常有"。识人才能得人，得人而不识人，有人也等于无人。

曹操看重的是人才和智力，打的是人才牌，袁绍看重地盘和实力，崇尚唯武器论，路线不同，结果相异，靠头脑的曹操在官渡之战中，赢了自以为胳膊粗就可以横行天下的袁绍。

福者祸之先，利者害之始

关羽的走，曹操的留，关羽走得义无反顾，曹操留得再三再四，至此，一切外部的因素都不重要，而是两个男子汉间充满感性的互动。其实，曹操当真不放关羽走，也绝对能让他走不成，但是，可想而知，结果必然有二：一、留住了人，留不住心，徒劳无功；二、撕破了脸，大打出手，两败俱伤。在这两种不愿见到的情况下，曹操的奸，曹操的雄，曹操的嗜杀，曹操的"宁我负人，人毋负我"的哲学，都不知跑到哪里去了。而关羽呢，曹操的放低身段，曹操的柔性动作，曹操的感情攻势，曹操的君子风度，也让他离开得很艰难，割舍得很痛苦。

而他非走不可，因为他和刘备有一个生死承诺。正是他不背盟誓的人格力量，正是他坚贞守约的信义精神，也更使求才若渴的曹操下定决心挽留。这样一诺千金的人格，何其难得。而关羽，当他不得不挂印封金，做出一走了之的决断，那是需要多大的勇气啊！而且他要光明磊落地走，"吾来时明白，去时不可不明白"，只此一句，尽显其挚直之义，悫正之心。

曹操也有他的可爱之处，他完全可以做绝而不做，他有许多可施之计而不施，于是只有闭门谢客这一招了。至少，在这一回里，我们看到了英雄豪杰那妩媚的一面。

在《三国志》中裴注引《蜀记》："曹公与刘备围吕布于下邳，关羽启公，布使秦宜禄行求救，乞娶其妻，公许之。临破，又屡启于公。公疑其有异色，先遣迎看，因自留之，羽心不自安。"此与《魏氏春秋》所说无异也。而在此书中裴注引《献帝记》还载："秦宜禄为吕布使诣袁术，术妻以汉宗室女，其前妻杜氏留下邳。布之被围，关羽屡请于太祖，求以杜氏为妻，太祖疑其有色，及城陷，太祖见之，乃自纳之。"不知为什么，这两则疑为一事的传闻，很具脂粉气的香艳故事，未被演义进来。很大程度，因为关羽在中国人心目中，已经从小说人物，变为人间之神，神而圣之，敬而尊之，他与曹操这段两男一女的三角关系，尽管并非空穴来风，也是不能让这段罗曼史而抹黑之。

过五关，斩六将，每个人都有可资骄傲的过去。大者，拿破仑在圣赫勒拿岛流放时，是决不会忘怀他为大皇帝君临欧洲大陆时，那分至尊无上的荣光。小者，连极卑微的阿Q也说过"我们先前，比你阔得多"的精神满足。然而在其沉湎于往昔的辉煌中时，许多头脑并不糊涂的人，很容易过高地估计个人在历史中的作用，而做出不切合实际的评价。这其中，一种人，是他自己，被胜利冲昏头脑，把"英明"二字，连忙写在额头上；一种人，美人迟暮，壮士已矣，历史早掀过他那一页，仍抱着昨日的光荣抢时代的交椅。但也有一些人，经不起所谓"帮衬"之类的蛊惑，在制造舆论、伪造历史、

遗香堂绘像三国志，明末安徽新安黄氏刻本

歪曲事实、大树特树之下，也终于认为人民不过阿斗，群众自然群氓，只有自己才是真命天子。功绩成为包袱，英名成为负担，早早晚晚会压垮自己的。

千里单骑，过关斩将，是关云长一生最得意之笔。与此同时，他的自负、自大、武断、傲慢，也种下了败走麦城的种子。"福者祸之先，利者害之始"，这两者存在着辩证关系。《三国志》对他的评价，只有四个字，真是切中要害，"刚而自矜"的这个"矜"，便是关羽死于非命之因啊！

没有无缘无故的爱

第二十七回（下）：汉寿侯五关斩六将

过关斩将的关羽，至此达到他人生成功的顶峰。

在中国，关帝崇拜由来已久，但以清代为盛，盛得有些畸形，而乾隆和他的老子雍正最为来劲，简直不遗余力。一般解释大体不离关羽的忠和义，有利朝廷统治，遂大张旗鼓地予以宣传。其实更深层次，清代统治者看重的是关羽的降将军身份，这榜样对于他们统治下的大多数汉人来说，意义非凡。一个在汉贼不两立的敌对状态下，投降曹操，为其驱使的人，而能成为神，成为武圣，那么断发蓄辫，胡服左衽，成为由明而清半截人，那种精神上的原罪感能够得到相当程度的减压，这才是雍正、乾隆说不出口的给关羽加冕的底蕴。顾炎武说过，"有亡国，有亡天下。亡国与亡天下奚辨？曰：易姓改号，谓之亡国。仁义充塞，而至于率兽食人，人将相食，谓之亡天下。……知保天下然后知保国。保国者，其君其臣，肉食者谋之；保天下，匹夫之贱与有责焉耳矣。""天下兴亡，匹夫有责"就出自此。

所以，在中国历史上，改朝换代对老百姓来讲，无非是换个皇帝，大可不必在意。而衣冠变易，礼制更改，发肤虏化，汉风不再，留发不留头，留头不留发，是可忍孰不可忍，则必然不共戴天矣！

由此，有人说，当然是当事人说了，《三国演义》是清廷入主中原的唯一兵书，因为崇拜关羽的忠义，还特地将此书翻译成为满文。满文版的《三国演义》应该会有，但清廷统治者宣扬《三国演义》和关羽，对象绝不是满人。一、明末，建州部的女真族是一个集战斗、捕猎于一体的游牧民族，识汉字者能有几许？二、随龙进关的八旗部队以及后来的八旗子弟，又有多少能识得他们母语？这都是虚晃一枪的讨巧说法。只有加封爵号，拼命抬高关羽，到处盖庙立碑，扩大关羽影响，是他们三百年间举国一致在干的事。凡政策，凡方针，做起来都应该有个度，太夸张了，太过头了，倘不是急于求成，就是心中有鬼，那必然成为历史的笑柄。

据《三国志》，"后主景耀三年，追谥羽为壮缪侯"。陈寿记载，当有所本，定非妄撰。而《谥解》曰，武功不成曰"缪"，事理不明曰"缪"。这对关羽来说，恰如其分。另外，谬种流传的"谬"，也与"缪"通。乾隆觉得这个"缪"字，有给关老爷脸上抹黑之嫌，怎么看也不顺眼。清高宗三十三年（1768），跳出来动用行政手段干预给关羽正名，"以壮缪原谥，未孚定论，更命神勇，另号灵佑"。在中国，先后有十六位皇帝，二十三次为关羽颁旨加封，一个比一个高，但也比不上光绪五年，关羽得到清室最后一次加封，称号全长二十六个字，可谓尊奉之至、无以复加了。为缓和异族统治所造成大多数人的亡天下感，大建关庙，大祀关圣，清中期，全国有关帝庙三十余万座，仅京城一带，就有一百多座。而且，

三国志像，绣像金批第一才子书，毛声山评点，金圣叹序，清初刊本大魁堂藏版

按清朝宫殿建造制度，黄色琉璃瓦，只许帝王享用，非帝王家敢于擅用，即为僭制，犯大逆不道之罪，那是要杀头的，独关帝庙例外。由此可见，清人对于满汉大防，之在意，之提防，之无所不用其极，在宣传关羽这件事上，就可

以看得出来。这个关云长，在缓解明清鼎革后汉民族对于入侵异族的反抗，功莫大呢！

而在清之前的明朝，朱元璋、朱棣对这个关羽不怎么感兴趣，甚至犯了当代人不读书而犯的错误，朱元璋将其汉寿亭侯改为寿亭侯。这位大老粗皇帝，没有搞明白，汉寿是一个地名，亭侯是一个爵位，他认为关羽是汉朝的寿亭侯，提起笔来，勾掉"汉"字。可谁敢向这位皇帝说，陛下您错了？于是，这个错一直延续到一百多年以后，直到嘉靖年间，才将这个"汉"还给关云长。对比明之不把关二哥当回事，对比清之太把关老爷当回事，这世上没有无缘无故的爱，太真理了。

综其一生，关羽之"壮"，毫无疑义，关羽之"缪"，不可原谅。所以这个褒中有贬的谥，对他来说应该说是相当准确的。因此，无论评论一个人，看待一件事，两分法还是能够避免偏听偏信、偏袒偏私、偏执偏颇、偏心片面的一剂良药。

气节的讲究

张飞要杀关羽，就因为他降了曹操。

他那样怒不可遏，是从结拜弟兄这一点上不能饶他，既然成了弟兄，要活，活在一起，要死，当然死在一块。"忠臣宁死而不辱，大丈夫岂有事二主之理？"

但在当时，背叛或者投降，并不是很了不起的事。最著名的例子，莫过吕布。董卓给他好马，他一杀义父丁原，接着，王允许他美女，他再杀也是他拜为义父的董卓，张飞与他对阵时，骂他是三姓家奴，算是责备得厉害的了。

再譬如刘备，投吕布时，对付过曹操；奔曹操后，回过头来共除吕布；在曹操旗下效力时，讨伐袁术；依托袁绍时，又与曹操为敌。不到十年时间，城头变幻大王旗，握手翻脸顷刻间，这一切既没人较真，也没人过问，似乎和叛变啊，投降啊，了无关系，只不过被看作权术罢了。至于曹操属下的文臣武将，很多都是从对立阵营被曹操招降纳叛来的。如张辽原事吕布，如徐晃系杨奉部下，如张郃为袁绍旧臣，如庞德乃马超袍泽，如文聘曾事刘表……至于三国第一谋士贾诩，到曹操手下，已三易其主；至于许攸，则是官渡战役中背袁向曹投诚，并献计立功的。这些人，谁也没有觉得他们的行为有什么荒谬的地方。很坦然，不自责，如同当代 IT 高手，从 A 公司跳槽到 B 公司，再从 B 公司跳槽到 C 公司、D 公司一样，没有什么不适感。

关羽降后，在许都，曹操三日一小宴，五日一大宴，上马金，下马银，礼遇优渥，收买笼络之心，关羽明白，大家清楚，其余将领如张辽、徐晃，没有因此轻视关羽，仍旧对他敬重有加。只有一个例外，那是蔡阳，后来被关羽祭了刀。种种迹象表明，三国时期，仗打不下去了，放下武器投降，或者背叛原先的主子，不是什么了不得的事。何况关羽还得保护两位嫂夫人，他要是杀身成仁的话，那些家眷怎么办？

在西方人观念中，认为生命价值是高于一切的，如果确实再战斗下去只有死亡一途，缴枪投降，举起双手，按《日内瓦公约》，作为战俘要求敌方应以人道主义待之，是极其正常的。按照关羽被围土山的情况，他这样做是无可非议的。但中国人讲究气节，讲究到偏执的程度。若从这个角度，关羽哪怕有一丝动摇，都属于叛卖背主行为。应该马革裹尸，誓死抵抗，粉身碎骨，同归于尽。

所以《三国演义》对关羽降曹这一节操问题，颇费周章。因为"说三分"到《三国演义》，从口头文学，落实到纸面上，成为章回小说的时候，应该是宋朝稍后发生的事情了，那时的中国由于衰弱，由于战乱，国土丧失，命悬一发之际，成为最后精神支柱的礼教，就将人们的思想束缚得快要窒息的地步。连妇女都被"饿死事小，失节事大"钉在贞节牌坊上的时候，何况反臣贼子，叛兵降将乎？于是把东汉建安年间

三国志像，绣像金批第一才子书，毛声山评点，金圣叹序，清初刊本大魁堂藏版

不是太当回事的事，弄得严重化了。说话人的自由，锣鼓一响，开始评话，说到下回分解，就可以收钱离场了，罗贯中却没有这分自由，白纸黑字，可下笔时踌躇了，对关羽降操一节，如何着墨？若是痛批狠揭，声讨问罪，必有损关羽的正面人物形象。若是只字不提，也难说得过去。于是琢磨出来一个"降汉不降曹"似乎义正词严的借口。这当然是自欺欺人的自慰。曹操闻此，哈哈一笑，"汉即操，操即汉也"。

为什么宋以后的中国人，就格外地不讲宽容呢？因为礼教将孔孟之道极端化、绝对化以后，必然窒息得人无一点思想自由，而不能自由思想的人，必失去大度、豁达、宽让和容忍。于是，人与人的关系，由紧张，对立，敌视，仇恨，都要一步步发展到彼此践踏，相互厮杀，最后自然是置之死地而后快了。

自由选择和绝对忠诚

第二十八回（下）：会古城主臣聚义

　　在三国时，这种合则留，不合则去的行为是很正常的，无可厚非。良禽择木而栖，主择臣臣亦择主，也是那个人才极其流动的市场写照。

　　赵子龙归刘玄德，讲述其经历："云自别使君，不想公孙瓒不听人言，以致兵败自焚，袁绍屡次招云，云想绍亦非用人之人，因此未往。后欲至徐州投使君，又闻徐州失守，云长已归曹操，使君又在袁绍处。云几番欲来相投，只恐袁绍见怪。四海飘零，无容身之地。前偶过此处，适遇裴元绍下山来欲夺吾马，云因杀之，借此安身。近闻翼德在古城，欲往投之，未知真实。今幸得遇使君！"由此可见，跳槽换老板，乃家常便饭。关云长暂屈曹操麾下，除张飞介意外，大家也没有觉得他像犯了天条似的不可饶恕。

　　发展到后来，这种隶属关系，就变质了，老板和员工，上级和下级的从属关系，因为人身依附，成为主子和奴才的关系，一朝是主，终身侍奉，甚至子而孙、孙而子地画地为牢，不得逾越。《红楼梦》里的赖大，是贾府的奴才总管。贾政为官时还得向他借钱，可这位总管，在家里，是主子，而到贾府，则是奴才，而且是永远的奴才。选择，本是人的基本权利，只有一种选择，而且还是别人强加的，那么，他不过是一个巨大的笼子里的一个生物而已。极权专制的封建统治者，就害怕人们的自由选择会动摇其黑暗统治，所以拼命鼓吹不事二主，甘心做永远的奴隶。《三国演义》在宣扬这种"耻不食周食"的绝对忠诚方面，是颇得历代统治者重视的。

所以，无论《红楼梦》，还是《水浒传》，都碰上过被抽、被封、被毁版、被取缔的命运不济之时，独有《三国演义》却始终被历代皇帝看好，正因为它的某些地方，合乎皇上口味，而成为中国一部既为老百姓喜爱，又不为帝王将相反对的畅销书。

《三国演义》第一回"刘、关、张桃园结义"，为汉灵帝中平四年（187），结义于河北涿鹿。到第二十八回"会古城主臣聚义"，为汉献帝建安五年（200），再聚义于河南汝南（实际上这古城只是演义和戏文中事，并不存在，但其聚会处，有人考证应在河南的南部）。一混十三年过去，再度相见的这三兄弟，肯定感慨万千。当初，白手起家，拼凑队伍，南征北战，终成气候。由无名望之辈，而成风云人物，由无立锥之地，而据一方土地。然而，好景不长，徐州失守，下邳易手，至此，袁绍不能依，曹操不敢投，一行人马，无所适从，说来也有点心酸。十多年含辛茹苦，挣扎奋斗，好容易打开的一点局面，统统付之流水，一切归原为零。差一点兄弟失散，各自东西，妻儿老小，存亡未卜。看来，义是试金石，义是吸铁石，关羽不管千难万苦，也要回到刘备身边来；赵云千难万阻，也终于加入这支人马之中，古城相聚，抱团取暖，

可下一步呢？刘备不得不西奔刘表，重新过起寄
人篱下，看人眼色的生活。这当然很痛苦，然而，
又不得不为之。刘备的人马能不散，关羽、张飞
的誓死相随，赵云的如愿而至，全在这一个"义"
字上。这就是《三国演义》受到历代统治者高看

三国志像，绣像金批
第一才子书，毛声山
评点，金圣叹序，清
初刊本大魁堂藏版

的原因。

但一支队伍，光靠这一个"义"字的精神感召，是办不成大事的，也不可能长期起到提振人心、巩固士气的作用。刘备，或刘、关、张这股武装势力，从起事起，直到今天，一直没有明确自己想干什么，能干什么，应干什么，达到什么目的。领袖，固然更是重要因素；宗旨，众人为之奋斗的精神支柱，则更重要。刘备这个手工业者，既不具运筹帷幄的睿智，也无高瞻远瞩的眼光。古城聚会以后，最应该弄清楚的正是这个大方向，大目标，大动力。截至目前，至少在他的脑袋里，仍是一锅糨糊子。至于那些只能逞匹夫之勇的将领，和吃粮不管事的文职人员，诸葛亮未出现之前，只有继续稀里马虎地流浪下去，别无良策。若不是袁、曹急于一决雌雄，刘备这队既无根据地，也无目的地，更无大目标的散兵游勇，那两位早就将他灭了。

新文明之对旧制度

第二十九回（上）：小霸王怒斩于吉

迷信在中国，容易有市场。一、历朝历代的统治者，大都相当迷信，明里、暗里、潜意识里服膺于神仙鬼怪，阴阳八卦，会道功法，邪术神功。二、历朝历代的老百姓，有浓重的迷信基础，加之在封建统治下基本无助，以济世救人的面目出现的所有于吉类人物，极容易招徕虔诚的信徒。三、历朝历代于吉们，通常是在乱离之世，人心浮动，不安之年，劫覆难定的情况下应运而生，以似科学又非科学，似宗教又非宗教，似组织又非组织的精神团契面目，进行蛊惑行骗。

孙策杀于吉，正史《三国志》未载，只是裴松之注书引《江表传》中，留下这段传闻。因与《搜神记》中于吉事不同，所以，裴注以"未详孰是"表示存疑。但这件野史裨闻，正好说明了当一个社会进入转型期后，新的文明浪潮，势必冲击旧的制度，那些桎梏社会进步的人伦纲常，道德规范，章法仪式，思想意识，都濒临着礼崩乐坏的局面。于是，少数代表着封建迷信，落后黑暗的势力，必然要和那些面对着改革变动，或茫然失措，或顽固抵触，或不及适应，或犹豫观望的大多数人集合起来，必然要大唱反调，实施抵抗，抵制这种新的变化。而主要手段就是掀起一种世纪末的恐慌心理，使传统文化积淀中最阴暗的诸如炼丹采补、长生不老、功法道门、来世转生、风水阴阳、符咒谶语、神魔鬼怪、巫术蛊惑，猖狂地复活，并且堂而皇之打出科学（当然是伪科学）的旗子，泛滥起来。

江东经孙坚、孙策两代的拓展以后，大量吸收逃避中原战乱的北方精华，开发本来就很富庶的经济；在政治上，吴越地区也由土豪割据的乱局，渐次统一，不再恶战不休，成为一体。经济富庶，政治稳定，形势向好，发达上升。处于改革变动之中的任何时代，任何社会，出现于吉这样愚昧文化的反动，是不奇怪的，也是一种历史的必然。

因此，小霸王孙策怒斩于吉，说明在中国这块土地上，邪教迷信，妖言惑众，神棍欺骗，鼓吹愚昧，有着多么悠久的历史。中外古今的邪教教主，无不以"散施符水，为人治病"蛊惑人心，招徕信众。于吉也是"寓居东方，往来吴会，普施符水，救人万病"，玩同样的把戏。

这种邪教现象，过去能够在底层社会获得生存的基础，是因为封建制度下靠天吃饭的小农经济，造成普遍贫穷现象。贫穷，则落后，则愚昧，而落后、愚昧，则是邪教迷信得以滋生的最佳土壤。尤其在不可抵抗、无法预防的天灾人祸面前，深感命运之叵测，得失之难料，生死之未卜，存活之匪易，以及对于大自然的无能，对于统治者的无奈。因此，文化程度相对低下，文明熏陶相对缺失的普通民众，最容易接受邪教迷信的影响，来填补精神上的无可依傍的心理空间。

孙策要是生在今天，面对当下社会里形形色色的，无奇

三国志像，绣像金批第一才子书，毛声山评点，金圣叹序，清初刊本大魁堂藏版

不有的，那些公然的和隐蔽的于吉们，其层出不穷，其花样翻新，纵然是小霸王的他，也只有目瞪口呆的份儿。恐怕他简直来不及震怒了，因为他将怒不胜怒。

这些现代于吉，无一不披着科学的外衣，无一不是打着堂而皇之的旗号。这些很难说是科学的或伪科学的，介乎科学和伪科学之间的种种气功法力、万应金丹、特异功能、圣水巫术，也许终究拆穿不过是"仙人摘豆"之类的骗人骗钱的把戏。这些都能使得众多的信徒如醉如痴，我们无妨称之为"于吉现象"。

越是无知，越是盲目，越是头脑简单，越是容易受骗上当，也越能成为最坚定的信徒，这也是我们这些年里所看到的各类神棍闹剧中，那些丑恶表演的原因。

生子当如孙仲谋

孙策最后金疮迸发，26岁死于非命，看来确实少年气盛。

他的谋士虞翻早劝过的："明府喜轻出微行，从官不暇严，吏卒常苦之，夫君人者不重则不威，故白龙鱼服，困于豫且，白蛇自放，刘季害之，愿少留意！"他答应过的："君言是也！"结果，答应归答应，做归做，以至于毙命，这真值得那些言行两违者引以为戒。

孙策临终时交代孙权，"举贤任能，使各尽力，以保江东"，他终于认识到凭一介膂力，独门武艺，未必保得了江东，扩而大之，军事实力强大，武装力量雄厚，对于江东的长治久安，只是一端，而非全部，人的因素，才是第一位的。于是，孙权的周围便有周瑜、张昭、鲁肃、张纮、顾雍等能人贤士。周瑜所推荐的鲁肃称得上是东吴孙权的思想库，但在《三国演义》和三国戏中，鲁肃的形象，因为要衬托诸葛亮，故而被描写成近乎呆气的老好人，显然有背历史真实。

没有真正的思想家，革命不成气候，有了这类空头的思想家，革命也不成气候。

高瞻远瞩，把握大局，高屋建瓴，深谋远虑的鲁肃，表

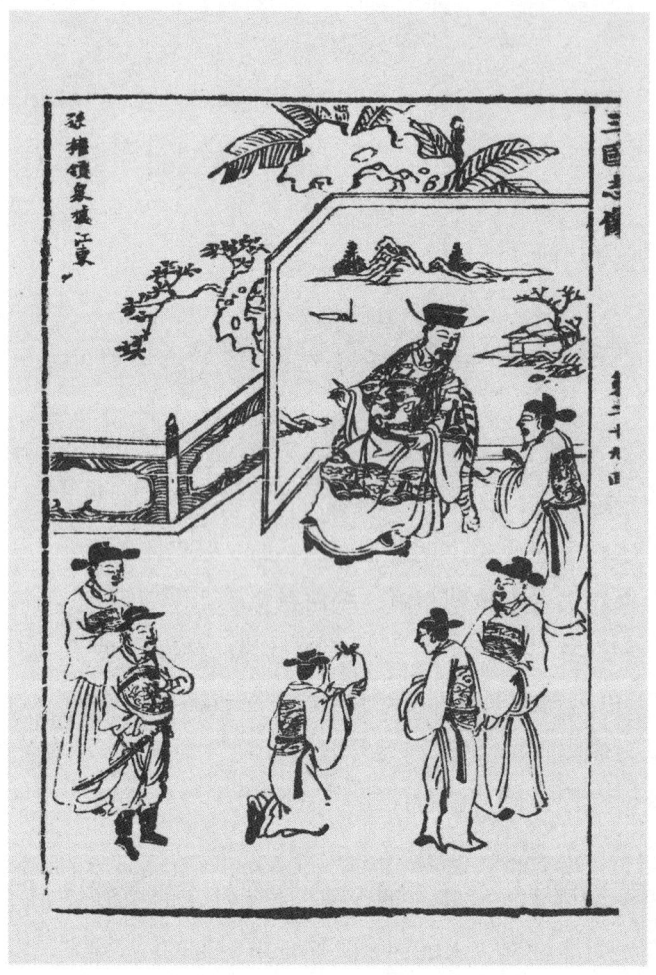

三国志像，绣像金批第一才子书，毛声山评点，金圣叹序，清初刊本大魁堂藏版

现出战略上的高明。他认为：荆州的刘表、黄祖，弱而可图；中原的袁绍、曹操，强而难制。因此江东的进取方向，应向西而不是向北，据长江之险而守，徐谋天下大计。"孙权闻言大喜，披衣起谢"，因为他从此有了主心骨。以积极进

取的保全，来代替消极防御的自卫，鲁肃此举，奠定了吴在魏、蜀之争中相对从容的局面。在任何情况下，被动不如主动，即使在完全的劣势下，也不应该坐等一败涂地的结果，而无所作为。三分天下，鼎足而立的战略构想，是鲁肃，而非诸葛亮最先提出来的。

"夫兵者凶器，战者危器也。"孙权改变了其父其兄好战逞强的形象，励精图治，深得民心。

清人赵翼在《二十二史札记》中说到孙权，"周瑜荐鲁肃，权即用肃继瑜。权怒甘宁粗暴，吕蒙谓斗将难得，权即厚待宁。刘备之伐吴也，或谓诸葛瑾已遣人往蜀，权曰，孤与子瑜，有生死不易之操，子瑜之不负孤，犹孤之不负子瑜也。吴蜀通和，陆逊镇西宁，权刻印置逊所，每与刘禅、诸葛亮书，常过示逊，有不妥者，便令改定，以印封行之。委任如此，臣下有不感知遇而竭心力者乎？权又不自护其非。权欲遣张弥、许晏浮海至辽东，封公孙渊。张昭力谏，不听，弥、晏果为渊所杀，权惭谢昭，昭不起。权因出，过其门呼昭，昭犹辞疾，权烧其门以恐之，昭更闭户，权乃灭火，驻门良久，载昭还宫，深自刻责。""权用吕壹，事败，又引咎自责，使人告谢诸大将，曰，与诸君从事，自少至长，发有二色，以谓表里足以明露，尽言直谏，所望于诸君，诸君岂得从容而已哉！"

最为感人者，"陆逊晚年，为杨竺等所谮，忧郁而死，权后见其子抗，泣曰，吾前听谗言，与汝父大义不笃，以此负汝。以人主而自悔其过，开诚告语如此，其谁不感泣。"

孙权的方颐大口，碧眼紫髯，《三国志》说他"形貌奇伟，骨体不恒"，这种非同寻常的形容，在中国历代帝王中，不同于众，也是他的一个特色。《三国演义》将这一回称之为"碧眼儿坐镇江东"，黄种人眼珠都是黑的，他怎么是绿的，难道具有白种人的血统？两汉期间，民族混居地区，彼此通婚现象普遍。作为江东第一家庭，孙坚、孙策拥有众多姬妾，其中当不乏来自西域、来自海外的美女娇娃，实属正常。因此，出现这样一个混血儿，也许并不突兀。虽然，曹操有过"生子当如孙仲谋"的说法，但并非对其容貌、身材、体态、外形的赞美，接下来的一句话，"刘景升儿子若豚犬耳！"仍是出于政治家眼光的一种感慨。

统帅的较量

第三十回（上）：战官渡本初败绩

　　曹操以七万兵力和袁绍的七十万大军对阵，是历史上一次有名的以少攻多、以弱击强的战役。官渡一战，对曹操来讲，至关重要。秦、汉之际，得中原就等于得天下，要得天下，必先取中原。袁绍不除，中原不稳定地掌握在曹操手中，就是他一个永远的心腹之患。而且，袁绍在实力上占压倒优势，你不把他吃掉，他就会把你吃掉，这是早晚的事，一场生死决战，势不可免。所以，曹操进军洛阳之后，除吕布，逐刘备，拒袁术，抚孙策，都是在为彻底消灭袁绍作准备。

　　在黎阳相峙、延津交手以后，曹操便有信心寻找战机与袁绍决战了。

　　其实，曹操忌绍。在垄断住汉献帝后，最买账的还就是这个袁绍，赶紧封了一个太尉给袁绍。袁绍偏不领这分情，拒绝接受，曹操只好把自己的大将军职位让给他。由此可见，袁、曹之差距，不完全是军事实力的强弱问题，哪怕在心理上，双方也是很不平等的。

　　《三国志》对袁绍的评价是："有姿貌威容，能折节下士，士多附之，太祖少与交焉。""当是时，豪侠多附绍，皆思为

三国志像，绣像金批第一才子书，毛声山评点，金圣叹序，清初刊本大魁堂藏版

之报，州群蜂起，莫不假其名。""绍外宽雅，有局度，忧喜不形于色。"因此他在家族地位、政治声望、个人魅力、民情舆论上也比曹操有号召力。所以，曹操与袁绍决战，不仅打军事仗，还要打政治仗。

面对强大的敌人，排除曹营上上下下的心理压力，是最为关键的一步。郭嘉的十胜十败说，其实是在理论上巩固曹操的心防优势。而荀彧批驳以孔融为代表的畏袁思想，也从根本上分析了袁绍貌似强大、本质虚弱的真实情况，在增强斗志，鼓舞人心上，起到很大作用。官渡之战的胜利，思想准备是相当充分的。

这场战争，袁绍所以兵败如山倒，是败在决策上。而决策失败，又和他"外宽内忌，好谋无决，有才而不能用，闻善而不能纳"的性格分不开的。所以，许多决策的错误，包括我们身受体知的，无不可以从失败中找出个人性格的劣质因素。

两军对垒，当然也是双方统帅才智的较量。一个具有"矜愎自高，短于从善"许多劣质因素的袁绍，怎么能敌得过那礼贤下士，光着脚跳下床，来不及地迎接许攸的曹操呢？败局是注定了的，田丰、沮授早已知道自己必死的命运。

白马之战后，《三国志》称："绍于是渡河追公军，至延津南。公勒兵驻营南阪下，使登垒望之，曰'可五六百骑'，有顷，复白，'骑稍多，步兵不可胜数'，公曰，'勿复白。'乃令骑解鞍放马……绍骑将文丑与刘备将五六千骑前后至，诸将复曰'可上马'，公曰'未也'。有顷，骑至稍多，或分趋辎重，公曰'可矣'。乃皆上马。时骑不满六百，遂纵兵击，大破之，斩丑。"从这段文字，看到：一、曹操在最前线，身先士卒。二、曹操习惯近战，"勿复白"，"未也"，意在等待敌人靠近，这种需要胆略的沉着，见操之谋略和勇气。三、曹操善于抓住对方弱点，一见敌方"分趋辎重"，忙于抄肥，"公曰可矣"，遂猛攻狠打，卒取得胜利。而相持阶段以后，在乌巢劫粮的突袭行动中，他亲冒矢石，"自将步骑五千人夜往，会明至，绍将淳于琼等望见公兵少，出陈门外。公急击之，琼退保营，遂攻之，绍遣骑救琼。左右或言，贼骑稍近，请分兵拒之，公怒曰'贼在背后，乃白！'十卒皆殊死战，大破琼等，皆斩之。"就这句"贼在背后，乃白！"就可体会曹操的无畏之势和英武之气了。

但劫粮的主意，却是出于袁绍手下谋士许攸之口。袁绍手下谋士很多，但互不相能，内斗不已，各保其主，因利相争。窝里哄是中国人的一大特色，而越是凡庸的主子手下，这种争吵也越是利害。许攸因为此故，背袁投曹；这一次出卖，便让袁绍永世不得翻身了。

从发兵讨卓开始，袁绍就未有任何才禀的特殊表现。这和我们看到的许多无能碌碌之辈，连一句整话都说不下来，由于历史的误会，居然窃居人上，尸位素餐，是没有什么两样的。若能甘于凡庸，无所作为，在他治下的子民，也许是份福。而越是这样的货色，越不安生，越要弄出些不得人心的名堂。最后他身败名裂，陪着倒霉的还是老百姓。然而，在中国历史上，这样的悲剧却一次次不停地反复着，不知何时是了？

角色不分大小，精彩就行

第三十回（下）：劫乌巢孟德烧粮

　　谋士许攸，是《三国演义》中最具戏剧性的人物之一，从他三十回献计袁绍亮相，到三十三回身首分离退场，匆匆而来，匆匆而去，这可应了一句俗话，戏文不在长短，好看就好，角色不分大小，精彩就行。一个人，来到这个世界，能在历史转折关头，起过一点作用，留下一丝痕迹，也就不虚此行了。

　　在《三国志》中，许攸露面，却是大大早于众人的。他匹马单枪干革命的时候，刘、关、张还是失业青年，下岗职工，属于无名鼠辈，而他"光和末，黄巾起"，已经敢于与"冀州刺史王芬、沛国周旌等连结豪杰，谋废灵帝，立合淝侯"。这种废立皇帝的事情，也只有董卓那样的野心家才干得出来，可见这个南阳许攸，具有怎样的胆量了。其间，"以告太祖，太祖拒之，芬等遂败"。所以《魏略》说的"攸字子远，少与袁绍及太祖善"不甚可信，据《英雄记》，"初，绍去董卓出奔，与许攸及（逢）纪俱诣冀州"，许攸随袁绍逃冀州之前，就与曹操有来往，打交道了。所以，一定要知道许攸是老资格、老前辈，走过大码头，做过大买卖，才能理解他为什么不那么效忠袁绍，为什么也不那么买曹操的账了。

性格决定命运，正是有了这份本钱，才有了他的傲慢，他的自大，他的藐视一切，他的率意而为。碰上袁绍，能够容得了他，说明袁

三国志像，绣像金批第一才子书，毛声山评点，金圣叹序，清初刊本大魁堂藏版

绍到底还是大家出身，再怎么恼火他，总是有一点容人雅量。哪怕虚伪，至少他还虚伪得起来。曹操则不同，这个超强势的人，一旦视许攸的危险性超过安全系数，那就不会陪他玩了，吕伯奢的下场等待着他，决不手软。所以，袁绍一生杀人很少，曹操一生杀人很多，这一点，才智过人的许攸，竟然转不过这个弯，这大概就是"智者千虑，必有一失"了。袁绍再窝囊废，一口饭总有他吃的；曹操很精明，却会让人脑袋搬家。他以为自己为曹营立不世之功，曹操还不得感恩戴德。在胜负未决，难以为继之际，背袁投曹，当然是最佳时刻的弃暗投明。其实此刻的曹操，远不是他当初熟悉的曹操。南阳许攸，这一步迈出去，死神的丧钟就要为他敲响了。

《曹瞒传》："公闻攸来，跣出迎之，抚掌笑曰：'子远，卿来，吾事济矣！'既入坐，谓公曰：'袁氏军盛，何以待之？今有几粮乎？'公曰：'尚可支一岁。'攸曰：'无是，更言之！'又曰：'可支半岁。'攸曰：'足下不欲破袁氏邪，何言之不实也！'公曰：'向言戏之耳。其实可一月，为之奈何？'攸曰：'公孤军独守，外无救援而粮谷已尽，此危急之日也。今袁氏辎重有万余乘，在故市、乌巢，屯军无严备；今以轻兵袭之，不意而至，燔其积聚，不过三日，袁氏自败也。'公大喜，乃举精锐步骑，皆用袁军旗帜，衔枚缚马口，夜从间道出，人抱束薪，所历道有问者，语之曰：'袁公恐曹操钞略后军，遣兵以益备。'闻者信以为然，皆自若。既至，围屯，大放火，营中惊乱。大破之，尽燔其粮谷宝货。"这一截文字，要比《三国演义》来得精彩。

曹操听说许攸来了，大喜过望，他当然知道这个人，"来者不善，善者不来"。在这关键时刻穿过火线，必定手里握有干货，没有见面礼，干吗冒生死危险前来？若不是曹操也在眉毛着火，难上加难之际，才不会情急之下，连鞋都来不及穿，光脚跑出来迎接。许攸马上识破这位老朋友在表演，向许都要粮的十万火急的求援信，在许攸手里，还装什么孙子？只是为了不使曹操下不了台，没掏出来放在桌子上罢了。但许攸啊许攸！如此精明之人，竟因投诚心切，连最起码的讨价还价，也给省略了。

烧粮计划，袁营虚实，他老兄一口气和盘托出，曹操恨不得马上进入战斗，而卖主以后的许攸，竟无半点羞耻之意，因为他觉得自己无负于袁绍。在《汉晋春秋》中："许攸说绍曰：'公无与操相攻也。急分诸军持之，而径从他道迎天子，则事立济矣。'绍不从，曰：'吾要当先围取之。'攸怒。"道不同不相为谋，我许攸走这一步，就别怪我不辞而别了。

许攸之死，这个结局是必然的。《三国志·崔琰传》说："太祖性忌，有所不堪者，鲁国孔融、南阳许攸、娄圭，皆以恃旧不虔见诛。"

一支利箭的自审

第三十一回（上）：曹操仓亭破本初

　　唐人段成式《酉阳杂俎》一书的序，用了一个典故，"孔璋画虎之讥"。出于曹植《与杨德祖书》："以孔璋（陈琳的字）之才，不闲于辞赋，而多自谓能与司马长卿同风，譬画虎不成反为狗也。"这是很辛辣的讽刺。陈琳籍贯广陵，南人，汉末魏晋，北人占优势地位，看不上南人，也是时风所致。但曹丕的文学观点，开放宽容，兼收并蓄，崇尚弘远，不究小节，故而在《典论》中对陈琳评价不低，认为他是"时之隽也"。因为曹操很看重这位曾经的袁绍笔杆子，曹丕一是文学上着眼，二是政治上选边，他不能、不会、也不敢抹杀他老子的基本定调。这就是五官中郎将胜过其弟曹植的地方了。曹植在文学上也许具有如谢灵运所说的"八斗之才"，在政治上却是没有什么斤两的末流，偏要与比他还要幼稚的杨修，联合起来唱一唱反调，初意是反对曹丕的一言九鼎，却没料到间接在否定曹操。这种对于父王权威的麻木不仁，就不是该不该打屁股，而是要不要掉脑袋的大是非了。那时，曹丕尚未正大位，所以，曹植敢夯毛，但不开心的是曹操。曹操听贾诩之劝，决定曹丕为接班人，陈留王小节之误，也是败局之因。

等曹操一死，曹丕继位，这位政治上两眼一抹黑的"八斗之才"，就只有尿裤子的份儿了。

当袁绍决定与曹操决一死战，以定天下姓曹还是姓袁时，陈琳，那时为袁绍的笔杆子，为他写了一篇慷慨激昂、声色俱厉的檄文。在文学史上，陈琳这篇檄文，与唐代骆宾王的《讨武曌檄》齐名。曹营也在犹豫，该不该让主帅看到，因为这篇檄文，把曹操及其祖宗三代，之为非作歹，之穷凶极恶，之无耻歹毒，之罪大恶极，骂得狗血喷头，真怕正犯头风症的曹操看后，立马昏厥过去。可这篇汉代大字报，在中原决战的战场上，到处张贴，也难瞒得过去，于是，被送呈主帅。当时，头痛如槌击锥刺的曹操，读完这篇檄文，惊出一身冷汗，那疼得不可开交的偏头风，竟不药而愈。

官渡之战，陈琳被俘，落入曹操手中，大家看着他活着站着走进去的，估计这位笔杆子，应该是死了躺着拖出来了。结果，这个把曹操祖宗三代骂个臭够的陈琳，浑身发抖，心里冰凉，已作被砍头的准备，谁知倒是被破例的宽容。《三国志》载："袁氏败，琳归太祖。太祖谓曰：'卿昔为本初移书，但可罪状孤而已，恶恶止其身，何乃上及父祖邪？'琳谢罪，太祖爱其才而不咎。"《三国演义》在这里添了一句陈琳向曹操的辩解之词，"箭在弦上，不得不发耳！"这倒是一句实实在在的话。一方面，他不否认是箭，而且恐怕还是一支利箭，这是他对于自己文学能力充满自信的表现。另一方面，认清自己不过是工具，袁绍手中的一支箭罢了，他扣弓弦射出去，箭是无法自己拐弯或者罢工的。显然，这种切合实际的自审精神，打动了曹操，不但放他一马，还安排他当了自己的记室，

三国志像，绣像金批第一才子书，毛声山评点，金圣叹序，清初刊本大魁堂藏版

相当于今天的秘书长的职务。文而优则仕，从此他享受的至少也是局、处级的待遇，比在袁绍幕下仅仅"使典文章"的闲差，要阔绰多了。

一军之帅，能在刀光剑影、血染山河的战场上，透出点人情味，无论是发自内心，抑或为了某种宣传目的，即便是小施恩泽，聊表仁爱，也会比正常时期做这些事情产生的效果，要强烈得多。

曹操是很懂得利用这种临界效应的聪明人。从冰窖里出来，甚至觉得凉水是温暖的，这就是中国人能够长期忍受暴虐统治的一个原因。把对准脑门子的黑洞洞的枪口，换成看得见或看不见的皮鞭；从生命朝不保夕的极度恐惧，到可以活命的苟延残喘，准会让人产生出感激涕零的轻松。其实，皮鞭也并非不留下痛楚，慢刀子割肉，虽不觉痛，终究也是要命的。但大多数人总是认为，倘有一口饭吃，而不至于饿死，也比坐以待毙强，因此不存在比要求一口饭更高的奢望。这种勿抗心理，也是中国人容易统治的基础，不管是怎样严酷的统治，总是能忍受下去的。

千万不要嘲笑弱者

第三十一回（下）：玄德荆州依刘表

《三国志·蜀·先主备》载："曹公与绍相距于官渡，汝南黄巾刘辟等，叛曹应绍。绍遣先主将兵与辟等略许下。关羽亡归先主。"

刘备得刘辟、龚都数万之众，趁曹操进攻河北，欲乘虚来袭许昌，这想法当然很好，但引区区之众，搠得胜之师，强弱悬殊，无疑是以卵击石，纯系自不量力的轻举妄动。看来，此时的刘、关、张，处于起事以来的低谷状态，四顾茫然，难免盲动。这支残兵败将，碰上的竟是曹操主力部队，他们哪是张郃、高览、夏侯渊、乐进的对手，这一仗打到最后，只剩下一千余人，竟然没遭到全军覆灭的命运，实属天佑。但是，比之袁绍最后只剩下八百余人，还多二百人，真是值得额手称庆。

在军事上，当时的军事家，对刘备是不看好的。魏赵戬论曰："（刘备）拙于用兵，每战则败，奔亡不暇，何以图人？"吴陆逊论曰："寻备前后行军，多败少成，推以论之，不足为戚。"

走投无路的刘备，要仰剑自刎，亏得当过黄巾的刘辟，舍身相救，逃得一命。接下来，他要散摊子，让大家各奔前程。知耻近乎勇，能承认失败，刘备还算是一条汉子。幸好，众人还愿意跟着他继续革命，可天下之大，却难寻难觅一块立足之地。于是，他想到了刘表，想到了荆州。刘备有顾虑，万一被赏以闭门羹，怎么办？人到走投无路之时，就会失去最起码的清醒而一筹莫展。刘备自举事以来，投刘焉、投公孙瓒、投陶谦、投曹操、投袁绍，谁也没有将他逐出门外加以拒绝，而刘表比上述人物，门开得更大，他倒踌躇了，这是为什么呢？因为他以前的投奔，有很大权宜成分，现在，他真心想借一方土地，二次创业，这意图谁都看得出来。固然，"君子可欺之以方，难罔以非其道"，刘表若有一点聪明，会给他一个很大的红包，然后，端茶送客。但这个时称"八俊"的刘表，却因他拥有的宽雅儒文、招贤纳士的虚名，接纳了刘备。

当时关中大乱，荆州偏安，中原文人贤士，多来此避难。王夫之说："表出自党锢，固雍容讽议之士尔。荆土虽安，人不习战，绍之倚表而表不能为绍用，表非戡乱之才，何待杜袭而知之？表亦自知之矣。踌躇四顾于袁、曹之间，义无适从也，势无适胜也，以诗书礼乐之虚文，示间暇无争而消人之忌，表之为表，如此而已矣。中人以下自全之策也。不为祸先而仅保其境，无袁、曹显著之逆，无公孙瓒乐杀之愚，故天下纷纭，而荆州自若。迨乎身死，而子琮举土以降操，表非不虑此，而亦无如之何者也。"

《三国志》评刘表"虽外表儒雅，而心多疑忌"。加上耳朵根子软，经不起枕头风，便将刘备的残兵败将，安排到河

三国志像，绣像金批第一才子书，毛声山评点，金圣叹序，清初刊本大魁堂藏版

南新野，为其北部屏障。

　　寄人篱下的刘备，仰鼻息于刘表，如履薄冰的日子，是很难熬的。至此，他一无资本，二无人望，三无奥援，四无希望。若借鉴刘表的"中人以下自全之策"，刘备能够心安理得地

过起小而确实幸福的日子，这也未尝不可，但人与人之不同，有人吃饱了，就知足了；有人吃饱了，还得做自己想做的事，才知足；有的人，吃饱了，做事了，不满足，还有大想法、大意图，这就是刘备总是不安于位的原因。所以，从跃马跳过檀溪开始，先是在群雄争斗当中，拓展出一块属于他的生根发芽之地，渐次扩大，最后能够混到三分天下而有其一的地步，也是可赞可叹的了。而那些比他兵强马壮、人多地广的各路诸侯，一个个的无不败在曹操手下。这说明一个真理：不利的客观条件，倒不一定是成功的障碍。古人云："置之死地而后生。"险恶的外部环境，有可能是激励有志者去奋斗，去努力，为改变客观世界而前仆后继的原动力。

所以说，弱不可怕，正因为弱，才要把握机会，奋发图强。因此，千万不要嘲笑有志气的弱者，尤其在没有笑到最后的时刻，谁是赢家，还说不定呢！凿齿评曰："刘玄德虽颠沛险难而信义愈明，势逼事危而言不失道。追景升之顾，则情感三军；恋赴义之士，则甘于同败。终济大业，不亦宜乎！"

第二十一回

袁绍之败，驭士无道

第三十二回（上）：夺冀州袁尚争锋

俗话说："龙多不治水。"袁绍之败，很大程度败在他控制不住谋士们的内讧裂解，派系横生，结党营私，互相倾轧上。同样是龙，在曹操手下，以道御之，就不同了。平时，行云布雨，岁稔年丰；战时，翻江倒海，推波助澜。关键在于驾驭，而像袁绍手下的田丰、沮授，并不弱于荀彧、郭嘉，只是碰到优柔寡断、迟疑不决、刚愎自用、随意决策的主子，根本控制不了手下的谋士，因而，好样的被埋没、受打击，差劲的搞地震、窝里反，除了添乱，别无裨益。

汉献帝建安四年，曹操实际占有青、徐、豫、许等地，而袁绍在击败公孙瓒以后，囊括黄河以北大部分疆土。曹与袁所拥地盘，据吕思勉先生估计，约为一比六，袁绍顿觉自己腰大气粗，打不打曹操被列入议程。袁的谋士众多，田丰、沮授，为河北名士；郭图、审配，为袁绍班底。前派有名望，后派有实力。沮授认为刚打完公孙瓒，休整第一；郭图认为士气高昂，应该乘胜追击。袁绍早就要灭掉曹操，正中其意，立刻实施南进政策。

许攸也算是老班底，他给袁绍献策：主公打什么曹操呀，

三国志像，绣像金批第一才子书，毛声山评点，金圣叹序，清初刊本大魁堂藏版

大家都是老朋友，你把献帝搞到冀州来，什么不由你说了算。第一，此举很难做到。第二，袁氏兄弟都有皇帝梦。碰了一鼻子灰的许攸，只好作罢。田丰说，主公要打，也不是不可，依我之见，分散兵力，多点钳制，不出三年，拖也能把曹操拖死。但袁绍最大的毛病，是听不进任何他不爱听的话，其实，沮授之计，深谋远虑；田丰之计，击中要害；至于许攸之计，也并非插科打诨。好，袁绍火冒三丈，将沮授囚禁起来，将田丰关进班房，虽然放了许攸一马，不过，撂下重话，等我打赢了仗回来，再和你们一一算账。这就是聪明人不做傻事，而不聪明人偏要做傻事的惯性了。

　　袁绍率领着浩浩荡荡的十万人马，杀向黎阳、官渡。远在冀州的审配，一见许攸失宠，赶快落井下石，说他袒护子侄营私舞弊，这也是促使许攸投奔曹操的原因。

　　其实，《三国志》记叙这次战役，与《三国演义》不同，沮授一直在最前线为袁绍出谋划策，但这个袁绍像中了邪似的，只要是沮授的建议，都当耳旁风。"绍进军黎阳，遣颜良攻刘延于白马。沮授又谏绍：'良性促狭，虽骁勇不可独任。'绍不听。""沮授又曰：'北兵数众而果劲不及南，南谷虚少而货财不及北；南利在于急战，北利在于缓搏。宜徐持久，旷以日月。'绍不从。""会绍遣淳于琼等将兵万余人北迎运车，沮授说绍：'可遣将蒋奇别为支军于表，以断曹公之钞。'绍复不从。"一直到兵败，袁绍率八百骑逃走，"沮授不及绍渡，为人所执，诣太祖"。不降，返袁营，反而被杀。

　　据《先贤行状》曰：（田）丰字元皓，巨鹿人，或云勃海人。……袁绍起义，卑辞厚币以招致丰，丰以王室多难，志存匡救，乃应绍命，以为别驾。劝绍迎天子，绍不纳。绍后用丰谋，以平公孙瓒。逢纪惮丰亮直，数谗之于绍，绍遂忌丰。绍军之败也，土崩奔北，师徒略尽，军皆拊膺而泣曰：'向令田丰在此，不至于是也。'绍谓逢纪曰：'冀州人闻吾军败，皆当念吾，唯田别驾前谏止吾，与众不同，吾亦惭见之。'纪复曰：'丰闻将军之退，拊手大笑，喜其言之中也。'绍于是有害丰之意。初，太祖闻丰不从戎，喜曰：'绍必败矣。'及绍奔遁，复曰：'向使绍用田别驾计，尚未可知也。'"

建安七年，曹操北上，袁绍的三个儿子一个女婿又打成一团。初时，审配、郭图为一党，造成沮授死，田丰杀，许攸走，张郃降，高览奔，袁绍败的局面。现在，郭图、辛评等人支持袁绍的长子袁谭，而审配却支持袁绍的小儿子袁尚。起初只是两个继承人之争，等到曹操介入，审配、逢纪为袁尚出谋；郭图、辛评为袁谭献计。除了一个王修，说了一番手足道理外，所有这些谋士，都是火上浇油地促使内战升级。袁谭当然不是袁尚的对手，随后投了他家的死敌曹操。曹操到达河北以后，自然就没有袁谭什么事了。随后，曹操又击败了袁尚，至此，袁绍辛苦扩展的版图化为乌有，曹操彻底控制了北方。

袁绍用谋士，譬如砍柴，伤了自己，你能怪斧子吗？

第三十二回

大嘴巴与乱作为

许攸不为绍用，来投操。曹操已就寝，跳下床来，跣足相迎，喜之不迭，并说有了许攸，"吾事济矣！"

这位上乘的谋士，屡有出奇制胜的高招，第一次曹操攻袁绍，乌巢劫粮；第二次曹操征袁尚，决漳淹城，这两次事半功倍的计谋，都出自于他的手笔。前者是险招，以小投入，得大收获，死人较少；后者是毒招，死人虽多，但花钱不多，成效不错。从战争角度来看，伤亡，对统帅而言，只不过是个数字，胜负才具决定意义，不能以死人多少而判断一个谋士的优劣。所以，曹操知道许攸一来，他就有办法了，他的被动局面当会改观，称"吾事济矣"，这就是曹操的慧眼识珠。当然，他也领教过这个许攸下手之毒、下手之损，后来，他还是将这个危险人物抛弃了。

许攸资格老，本领高，恃才傲物，个性突出，这种人物，可以成为朋友，却不宜成为部下。他习惯于平等对话，而不宁耐官场规则，他不大把别人看在眼里，自然也不会在上司面前扮演臣属的角色。他放荡不羁的自由自在，口不择言的褒贬雌黄，如果能够充分认识这一点的话，他的处世之道，就应是在需要他时露面，现身出力，事过后抽身而退，只求用其才智者的赏识，不必在意利润的分红，最好离红尘尽量地远，别搅进权力场的是非之中。但是，有这等本领的人，通常

三国志像，绣像金批第一才子书，毛声山评点，金圣叹序，清初刊本大魁堂藏版

不采取收缩政策，好热闹，怕冷清，好多事，怕寂寞。冀州入城式上，许攸以鞭指城门而呼操曰："阿瞒，汝不得我，安得进此门！"操大笑。接下来，许褚走马入东门，许攸又来这一手："汝等无我，安能出入此门乎？"结果把脑袋丢了。细想，非曹授意，许褚敢下手吗？曹操爱才，用才，惜才，但他不愿意这样一个不知进退、不懂分寸的老朋友，指手画脚，颐指气使，没了规矩王法。

　　据《魏略》："攸字子远，少与袁绍及太祖善。初平中随绍在冀州，尝在坐席言议。官渡之役，谏绍勿与太祖相攻，语在《绍传》。绍自以强盛，必欲极其兵势。攸知不可为谋，乃亡诣太祖。绍破走，及后得冀州，攸有功焉。攸自恃勋劳，时与太祖相戏，每在席，不自限齐，至呼太祖小字，曰：'某甲，卿不得我，不得冀州也。'太祖笑曰：'汝言是也。'然内嫌之。其后从行出邺东门，顾谓左右曰：'此家非得我，则不得出入此门也。'人有白者，遂见收之。"

　　与许攸同时共事于袁绍幕下者，审配，又是另外一类人物，他死忠袁绍，袁绍也超级信任他。但此人水平较低，屡出低级错误，可袁绍用之不疑。曹丕认为，袁绍之败，就败在他的身上。《献帝传》称："绍将南师……审配、郭图曰：'兵书之法，十围五攻，敌则能战。今以明公之神武，跨河朔之强众，以伐曹氏。譬若覆手，今不时取，后难图也。'"审配积极主战，但战斗中，他的两个儿子被俘。曹操不杀，并优待之，弄得审配相当尴尬。

　　《后汉书》载："官渡之败，审配二子为曹操所禽。孟岱与配有隙，因蒋奇言于绍曰：'配在位专政，族大兵强，且二子在南，必怀反畔。'郭图、辛评亦为然。绍遂以岱为监军，代配守邺。护军逢纪与配不睦，绍以问之，纪对曰：'配天性烈直，每所言行，慕古人之节，不以二子在南为不义也，公勿疑之。'绍曰：'君不恶之邪？'纪曰：'先所争者私情，今所陈者国事。'绍曰'善'。乃不废配，配、纪由是更协。"

审配矫诏立袁尚为嗣主，启袁氏家庭内乱，绝对是个昏招，本来袁的三子一婿，尚可抱团取暖，他这一锤子，分崩离析，自家人先就掐了起来。审配只有自守邺城。《后汉书》载："曹操因此进攻邺，审配将冯礼为内应，开突门内操兵三百余人。配觉之，从城上以大石击门，门闭，入者皆死。操乃凿堑围城，周回四十里，初令浅，示若可越。配望见，笑而不出争利。操一夜浚之，广深二丈，引漳水以灌之。自五月至八月，城中饿死者过半。"

这个审配的脑袋肯定进水了，曹操既能挖得浅，就不能挖得深吗？许多主观主义者，都吃过这种只知其一，而不知其二的苦头啊！

说到底，谋士者，主子的工具耳。一旦忘记自己不过是可用也可弃的工具，便不得好果子吃了。许攸大嘴巴，断送了自己。审配的乱作为，只能说是咎由自取了。

三国美女排行榜第二名

第三十三回（上）：曹丕乘乱纳甄氏

《三国演义》绝对是男人的世界。

在中国四大古典文学名著中，相对于《红楼梦》里那"滴不尽相思血泪抛红豆，开不完春柳春花满画楼"的儿女情爱，梦中悲欢，《三国演义》则以其铁马金戈，沙场喋血，生仇死恨，壮志满怀的阳刚之气，写出中国男人为朋友两肋插刀的血性，写出中国人生要站直、死也不倒的担当，在这部小说中，你看到的是刀光剑影，而非卿卿我我；你见到的是生死决战，而非恩恩爱爱。这两部书，双锋对峙，各领风骚，写尽这世界上男性的勇猛、女性的柔美。

因此，《三国演义》一书，女性出现很少，更非主角，不过，小说开头的貂蝉，虽不过是一个能歌善舞的弱女子，但她在连环计中的表演，却使我们眼前一亮。很难想象，《三国演义》开场后三个最强势的男人——董卓、吕布、王允，都围绕着她的色相和诱惑，真情和假意，展开权力、武力、智力的三重奏，在文学作品中，可有一个女性人物，拥有如此征服男人的魅力？谁都想得到她，但谁都未能得到她，而且，最后无一不是抱憾终生，死于非命地离开了她。吕布命丧白门楼，

洛神赋图（局部），顾恺之

三国志像，绣像金批第一才子书，毛声山评点，金圣
叹序，清初刊本大魁堂藏版

第二十三回

从此，佳人飞鸿一瞥，远走天涯，无迹无踪，连影子也没了。

现在，轮到三国美女榜上列名第二的甄氏出场了，不过她当时的形象，有点让人泄气。而且她这一生，也像这张西子蒙不洁的脸一样，被疑云愁雾笼罩着。

《三国演义》是这样写的："却说曹丕见二妇人啼哭，拔剑欲斩之。忽见红光满目，遂按剑而问曰：'汝何人也？'一妇人告曰：'妾乃袁将军之妻刘氏也。'丕曰：'此女何人？'刘氏曰：'此次男袁熙之妻甄氏也。因熙出镇幽州，甄氏不肯远行，故留于此。'丕拖此女近前，见披发垢面。丕以衫袖拭其面而观之，见甄氏玉肌花貌，有倾国之色。遂对刘氏曰：'吾乃曹丞相之子也。愿保汝家。汝勿忧虑。'逐按剑坐于堂上。"这一回的标题为"曹丕乘乱纳甄氏"，"乘乱"二字，微言大义，是春秋笔法。古代战争，妇女乃第一战利品，对被掠夺的女俘，加以奸污，即使在后来的战场上也是常事。只是中郎将曹丕在战场上捡到一个老婆，自然是头条新闻。后来著书立说的文士，觉得如此行径，对帝王的尊严而言，事属过当，才用了这个负面的字眼。

范晔著《后汉书·孔融传》，微露讽意："初，曹操攻屠邺城，袁氏妇子多见侵略，而操子丕私纳袁熙妻甄氏。融乃与操书，称'武王伐纣，以妲己赐周公'。操不悟，后问出何经典。对曰：'以今度之，想当然耳。'"可知当时认为曹操父子此事做得不地道者，大有人在。《魏略》所载，就相当中性了："熙出在幽州，后留侍姑。及邺城破，绍妻及后共坐皇堂上。文帝入绍舍，见绍妻及后，后怖，以头伏姑膝上，绍妻两手自搏。文帝谓曰：'刘夫人云何如此？令新妇举头！'姑乃捧后令仰，文帝就视，见其颜色非凡，称叹之。太祖闻其意，遂为迎取。"官方立场，显而易见。

这个甄氏，生前无名，死后谥文昭。她长得非常之美，即使在战火中，蓬头垢面的她，抬头仰脸，略一顾盼，就把曹丕拿下。可以想见，她若像貂蝉一样，将曹氏一门三个最优秀的男人，都磁吸到自己的美丽之下，易如反掌。于是有些人开始编故事，认为她要这样做的话，当然不是不可能，沿此逻辑，加之也有一点可以附会的疑窦，她既然可能，为什么不这样做？从此，她的命运被小说家节外生枝，成为香艳故事的主角。

但《三国演义》终究不是《红楼梦》，曹操，"抑可谓非常之人，超世之杰矣"的英豪；曹丕，"文章经国之大业，不朽之盛事"的高手；曹植，"天下才有一石，曹子建独得八斗"的天才，都是中国人的精华，中国历史上可圈可点的人杰。而金陵那条街上荣、宁两府里的老少爷们儿，没落世家里的行尸走肉而已，与三曹父子这等开创性人物相比，真是天渊之别。所以，那些编故事的才子，见缝生蛆，在他们笔下，让甄氏成为秦可卿第二，实在是亵渎这位结局可怜悲惨的女人啊！

尤其将曹植名篇《洛神赋》，附会到她头上，更为扫兴。宋人刘克庄说过：这是好事之人乃"造甄后之事以实之"。明人王世贞则嘲之："令洛神见之，未免笑子建伧夫耳。"而后来的附会者，就更伧夫了。

主择臣，臣亦择主

第三十三回（下）：郭嘉遗计定辽东

曹操《遗荀彧书》曰："方今天下大乱，智士劳心之时也。"

这句话，表明了他十分地看重智士。由于中国有史以来，开国之君，来自文化偏低的阶层者为多。或一介武夫，或起义农民，刘邦不过是个亭长，当了皇帝之后，还把儒生的帽子拿来作尿壶用的，这绝不是他的潇洒，而是他的愚昧。所以，对于知识，对于知识分子的作用，能有曹操这样一个认识水平的，并不多。

因此，若袁绍之败，败于谋士的话，那么，曹操的成事，应该说，很大程度获益于他的这些谋士。郭嘉在击败袁绍、袁谭，袁尚、袁熙投奔乌桓蹋顿以后，力主乘胜追击，为曹操统一北方，做出了杰出贡献。

所谓"智士劳心"，就是不仅能够准确地把握住动乱不定、变化不已的局面，做出攻守得当、进退适宜的决策。而且应该能够高瞻远瞩，在看到今天的同时，看到明天和后天，来做出与现在相衔接，而又与未来相吻配的正确决断。因此，不光要注意眼前的生存危险，也要重视今后会出现的潜在威胁。

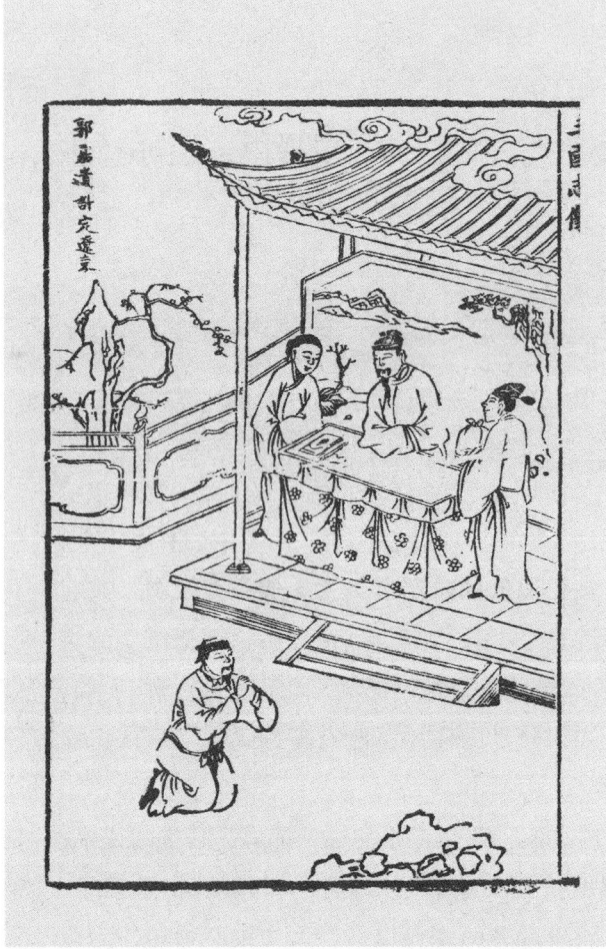

三国志像，绣像金批第一才子书，毛声山评点，金圣叹序，清初刊本大魁堂藏版

　　所以，在已经取得如此辉煌的讨袁胜利之后，挥师南下，图刘表荆襄之地，不失为佳计良策。因为袁绍败后，唯刘表是一支可以抗衡的力量。若远征乌桓，许都空虚，倒有可能受到刘表、刘备袭击之虞。这种忧虑，也是不无

道理的。

然而郭嘉却敢于悖众出言，建议大军西征乌桓，置刘表于不顾，这种出人意料的谋略，也难怪只有曹操才能赏识。他说："唯奉孝为能知孤意！"因为不扫除边庭，消灭隐患的话，就不能巩固北方，确保中原，当然更不用说实现越江而下，囊括江东、荆襄、巴蜀的宏图了。

主择臣，臣亦择主，智士能用，在于用智士者。郭嘉病逝西征途中，曹操的悲痛感情，发出天下相知者少的感慨，是真实的。

对于远期的潜在威胁，郭嘉能有超前识见，预作防范，恐怕是一般谋士所不及的。俗云"人无远虑，必有近忧"，但鼠目寸光者，急功近利者，挖肉补疮者，寅吃卯粮者，又何其众也？所以，小农经济思想所带来的短期行为，不足为奇。农民，在春天，只能看到秋天，来年怎么回事，全是未卜之数。那许多失误的产生，不是很自然吗？

郭嘉（170—207），字奉孝，颍川阳翟（今河南禹州）人。早逝，年仅 38 岁就病死征途。早年，曾为袁绍部下，后投曹操，成为他的第一谋士，算无遗策，料事如神，在官渡大捷后，力排众议，北征乌桓，是他一生最为出色的军事谋略。而他料定孙策、刘表，以及刘备绝不敢乘人之虚，袭击中原，也是他从人的性格到作为到魄力而做出的精准判断。虽然，这一仗曹操打得很吃力，但使中国北部边境得享太平，一直到魏，到西晋，而无后顾之忧。史称之曰奇才，操誉之为奇佐，皆认为他出奇制胜的韬略，非同寻常。

曹操失去郭嘉以后，多次为之撰文悼念，多次临墓洒泪祭哭。"故军祭酒郭嘉，忠良渊淑，体通性达。每有大议，发言盈庭，执中处理，动无遗策。自在军旅，十有余年，行同骑乘，坐共幄席，东禽吕布，西取眭固，斩袁谭之首，平朔土之众，逾越险塞，荡定乌桓，震威辽东，以枭袁尚。虽假天威，易为指麾，至于临敌，发扬誓命，凶逆克殄，勋实由嘉。方将表显，短命早终。上为朝廷悼惜良臣，下自毒恨丧失奇佐。宜追增嘉封，并前千户，褒亡为存，厚往劝来也。"在《请追增郭嘉封邑表》注中，更有另文，"军祭酒郭嘉，自从征伐，十有一年，每有大议，临敌制变，臣策未决，嘉辄成之；平定天下，谋功最高。不幸短命，事业未终。追思嘉勋实不可忘，可增邑八百户，并前千户。"文中真挚的感情，真诚的思念，都能看出曹操对这位谋士的哀悼之心，惋惜之情，尤其他说，"臣策未决，嘉辄成之"，若是一个没有十分担当的领导，是很难承认这点的。

所以，汉献帝建安十三年（208）曹操兵败赤壁，逃出一条命后，叹曰："若奉孝在，不使孤至此！"又曰："哀哉奉孝！痛哉奉孝！惜哉奉孝！"那一场悲痛欲绝的号啕大哭，绝对是他内心感情的真实流露。

蔡夫人的政治头脑

第三十四回（上）：蔡夫人隔屏听密语

外戚，是一个古老的话题，司马迁著《史记》，专门有"外戚世家"一章，说明了自远古起始，中国统治者的母族和妻族的姻亲们，染指权力，是一个值得关注的政治现象。清人赵翼在《二十二史札记》中说过："两汉以外戚辅政，国家既受其祸，而外戚之受祸，亦莫如两汉者。"

古代的"外戚"，专指封建社会中与帝王的后妃具有亲属关系的人士，后来，血缘的因素，变得不那么重要，凡是皇太后、皇后（未来的皇太后）、太子妃（未来的皇后），以及正被皇帝宠幸的任何一个女人，她们所嬖爱的某个娘家的男人，或者不是娘家人但可以在后宫出入的人，都可算在外戚之列。再后来，也就无所谓后妃，凡依赖女人的力量获得权势者都算，并冠之以"裙带风"这样比较香艳的名目。

外戚能够紧紧攫取政权，首先，得有一个对权力感兴趣的女人，有本事把皇帝丈夫或皇帝儿子，玩弄于股掌之上。其次，得有一个或数个迫切需要权力的娘家人，或者是相好之类的男人，可以委以重任，沆瀣一气，共同作恶。最后，也是最主要的一点，还得那个帝王是个糊涂蛋，沉湎酒色、昏庸无能。除此，最好的得以控制国家权力的办法，就是皇帝为小孩子，容易摆布。清代的慈禧在咸丰死后，选了同治、光绪、溥仪三个人当皇帝，年龄越挑越小，看来深谙此道。只有这样，才能出现帝权旁落、后权当政的局面。

在中国历史上，凡为外戚者，确实是非常风光的。读《红楼梦》第十六回"贾元春才选凤藻宫"，不过当上皇帝的许多小老婆之一，整个贾府上下，那种当上外戚的亢奋，好像中了什么头彩似的。好日子没过上几天，大小姐一死，这家立刻就垮了下来。最后，树倒猢狲散，白茫茫一片真干净。翻一翻二十四史，外戚得好下场者不多。因为一些本无可能染指权力的人，攀附着裙带，爬上了高枝儿，暴得富贵，沐猴而冠，总是难免魂不附体，神志错乱，便小人得志，乱作威福，当然只有自取灭亡一途了。

外戚的败亡，通常都因为所依附靠山倒台，不得不跟着也倒，做外戚的就得陪着倒霉。这时候，外戚的那个"戚"字，就从"亲戚"的"戚"，变为忧戚的"戚"，惶惶然如丧家犬，怖怖然似落汤鸡，是不会有好日子过了。"裙带"这东西，好就好在可以攀附，但坏也坏在容易缠绕，弄不好裹住了自己，脱不了身，便如沉船上的老鼠，只好与船一块儿覆灭。这也是所有不从正门入，进客厅，堂皇坐下，而是从后门入，出入卧室和厨房，鬼鬼祟祟，缩头缩脑，走太太路线的人，常常认识不足的地方。

蔡夫人，刘表后妻，出身于荆襄地区的贵族名门。其弟蔡瑁，掌握水军，算是汉代外戚的余绪，他和他姐姐蔡夫人排斥刘表长子刘琦，而欲立刘琮为嗣。刘备的出现，大碍蔡

三国志像，绣像金批第一才子书，毛声山评点，金圣叹序，清初刊本大魁堂藏版

夫人手脚，一是加大了曹操与刘表的矛盾；二是不得不戒备刘备与刘琦的勾结；三是最害怕请客容易送客难，刘备赖着不走，该如何是好。所以，刘备的一举一动，无不在她的严密监视之下。那时候，既无窃听器，又无摄像头，她就只好隔帘监听。

她最后把荆州献给了曹操，实为聪明的选择。第一，曹操早晚要吞并刘表，刘表的人马不多，根本打不赢。第二，如果她支持刘表信任刘备，依赖他反抗曹操，其结果还是打不赢，反正不赢，不如降曹。不能说她不对，难道依靠刘备就正确吗？后来，刘备入蜀，没几天，不是就把其实也是收留他的刘璋给干掉了吗？这当然是后车之鉴了。蔡夫人不赞成刘表养虎遗患，颇具远见，也说明一点，太太的话，也不能一概斥之为夫人干政，而完全拒绝。

《三国演义》这部小说，相当大男子主义。所以，书中女性很少，除了貂蝉外，比较有故事的就是这位蔡夫人了。她很了不起，安排下刀斧手，差一点把刘备干掉，如果不是那匹的卢马，刘备也许溺毙在檀溪里了。刘表死后，也是她做出的决定，将荆州交给了曹操。从审时度势的角度看，这个有政治头脑的女人，宁可依托强者，吃安稳饭，也不傍附刘备或孙权，作为争夺战中的一粒棋子，未必不是高明之举。

檀溪一跃带来的顿悟

在新野的刘备，算是客人，还是个不受欢迎的客人。因此，一是要看人脸色行事；二是要安分守己度日；三是要不作非非之想；四是要防备不测之灾。总而言之，战战兢兢，如履薄冰。从跃马跳过檀溪开始，先是在群雄争斗当中，拓展出一块属于他自己的立脚生根之地，存活下来，而那些比他兵强马壮、人多地广的各路诸侯，一个个无不败在曹操手下。

刘备在军事上，肯定不行，他从没打过一次漂亮仗；在政治上，有时候行，有时候不行。若是头脑清醒，不被他的仁义捆住手脚，也还是有一定的英武之气的；若是感情用事，迟疑偏执，任意而为，也会一错再错。所以，他的一生，一筹莫展的时候多，春风得意的时候少。不过，每当陷于不利局面之下，那手工业者保住小本的机灵聪明，总能让他抓住机会突围而去，不至于一蹶不振。这一次逃脱蔡夫人的谋害，不被蔡瑁砍掉脑袋，大概就是这种见势不妙，立即抽身，以免不测的捷智了。

人是需要一点敏捷的反应能力的。刘备此人，老实是有的，机灵却不足。这一次跃马过檀溪，太出乎他的意料了。

对他思想的触动，远超其生命获救的意义。刘备至少给自己明确了两点：一、明知其不可为，也是可以为之的，因为这个世界允许例外存在；二、有非常之人，必有非常之事，这个世界即使不按常规出牌，也不犯法。按常理，以他的区区之众，连一个小小蔡瑁都能要了他的命的"织席贩屦"之辈，存立国之想，岂非痴心妄想？然而檀溪已在身后，那么在他眼前展现的生路，不正说明一切并非不可为，而是他不想为、不敢为罢了。一个人要想超越自己，是困难的。这一道檀溪，造成他一次思想上的飞跃，这才有以后的魏、蜀、吴的鼎立局面。否则，他与那些他所蔑视的碌碌之辈，还有什么差别呢？

《周易·系辞下》："穷则变，变则通，通则久。"

这个变通之理，刘备在匹马单骑逃出襄阳后，是肯定悟到的了。人的生命途程中，有许多转折，每一次日暮途穷，每一次黎明黑暗，每一次曙光出现，每一次旭日东升，都应该是认识自我、调整自我、改变自我、重塑自我的思想提高过程。否则他不会如此求贤若渴地希望得仁得智，立国立身。他在刘表席间，对于髀肉复生的感慨，所谓功业不建，时光不待，实际是体现了他的紧迫感。从中平初年黄巾起事从戎开始，至此，二十多年过去，仍周旋于诸侯之间，依附仰息于他人。所以，他失口说出的："备若有基本，天下碌碌之辈，诚不足虑也。"此刻，他明白，哪怕是一块立锥之地，也强似寄人篱下，这充分表明了他在势穷力蹙后的觉悟。

刘备在思想境界上的飞跃，使他认识到这个世界上，看似做得成的事，未必做得成，寄人篱下，乞讨过活，没想到

刀斧手会要他的命；而看似做不成的事，却未
必做不成，无论如何也跳不过去的湍急溪流，
居然一跃而济，这就是说，刘玄德有一点不想
再做三等公民的非分之想，也许就是在跳过檀
溪之后形成了。而他骑着的那匹的卢马，竟也

三国志像，绣像金批
第一才子书，毛声山
评点，金圣叹序，清
初刊本大魁堂藏版

心领神会地与他戮力同心，载着刘备，腾越檀溪，留下一世英名。在中国古典文学中，对人类的无言朋友，描写得最成功的笔墨，莫过于《三国演义》中的这匹"的卢"，和那匹先属吕布后归关羽的"赤兔"了。有故事，有情节，有性格，更有感人的场面，它们在中国文学史上，是写得相当成功的动物形象。

说实在的，刘备能发奋重起，真要好好"感谢"蔡夫人才是，她所做出的反面贡献，改变了他的一生。

"通脱"和"未遒"，隔着一个采石场

第三十五回（上）：玄德南漳逢隐沦

建安文人，可能是中国较早从绝对附庸地位摆脱出来，以文学生存的一群作家。他们追求自由不羁，企慕放任自然，赞成浪漫随意，主张积极人生，并对礼教充满叛逆精神，成为中国非正统文人的一种样本。鲁迅先生认为这种文学态度，可以用"尚通脱"三字来概括。到了魏晋南北朝，由阮籍、嵇康、陆机、潘岳、陶渊明、谢灵运，一脉相承，"通脱"更加发扬光大，一时成为文学发展的主流。

然而，文学的每一步，总是要付出不大不小的代价。因为任何新的尝试，总是要打破过去的格局，失掉原有的平衡，必定引起旧秩序维护者的反扑。探索实验一旦越出了文学的范围，被视作离经叛道、逾轨出格的话，就要以文人的脑袋作抵押品了。

看曹操对付那个自视甚高的徐桢，就可知道文学家永远不是政治家的对手。他把徐桢送去劳改的理由，就在于这位文学家崇尚"通脱"，到了过头的地步。有一次，曹丕在私邸宴请他的这些文学朋友，也就是建安七子中的几位。当时，大家酒也喝得多了些，言语也随便，曹丕的夫人甄氏是位闻名的美人，可能有人提出来想一睹芳容，也许正是徐桢的主意。

《三国志》裴注引《文士传》中讲述了这段插曲：说道"徐桢辞旨巧妙皆如是，由是特为诸公子所亲爱。其后，太子尝请诸文学，酒酣坐次，命夫人甄氏出拜。坐中众人咸伏，而桢独平视，太祖闻之，乃收桢，减死输作。"就因为看了一眼皇太子妃的"通脱"和不在乎，对不起，关进劳改营去采石了。

过了一些日子，"武帝尝辇至尚方观作者，见桢匡坐正色，磨石不仰。武帝问曰：'石如何？'桢因得喻己，跪对曰：'石出自荆山，外有五色之章，内含卞氏之珍。磨之不加莹，调之不增文，天性坚贞，受之自然。'武帝顿悟，顾左右大笑，即日还官赦桢，复其官。"

看来，这篇即席吟诵的《琢石赋》，把文学家的曹操打动了，当场把他释放。看来，这该是最早的"大墙文学"了。张贤亮和丛维熙两位先生，常为自己是否"大墙文学"之父之叔争论不休，其实，"大墙文学"之祖，这位徐桢先生倒是当仁不让的。

被政治家这样要了一下以后，从此，这位文学家还敢坚持建安文人所倡导的"通脱"吗？所以，文学家想搞些什么名堂，都以适可而止为佳，太自以为是，罔顾一切，便有物极必反的回应。这反应就是一把悬在头上的达摩克利斯剑，大多数凡人，是不大容易潇洒得起来的。于是，不但不"通脱"，甚至拘谨过分了。曹丕在徐桢死后，与吴质的一封信里评说到他："公干有逸气，但未遒（尽）耳！"看来，在采石场劳改了一阵，不但为人，连文章也收敛了不少，所以魏文帝才有"未遒"之叹吧?

因此,有些不知世事深浅的年轻人,不问具体环境、具体条件,动不动指责一些作家,为什么懦弱,为什么不说真话,为什么不顶着枪口上,为什么不杀身成仁;看似义正词严,掷地有声,其实不过是站在干岸上,说风凉话而已。且不说鼓吹别人去当烈士,那居心之险恶,而自己碰上这样状况,是否也能说到做到,是大可怀疑的。

数千年过去,如今谈起建安文人,这些名字还是常挂在嘴上的,"融四岁,能让梨",是连小学生都知道。至于谈到建安文学,在非专业研究者的心目中,只有曹氏父子是居霸主位置的。曹操的"何以解忧,唯有杜康",曹丕的"盖文章经国之大业,不朽之盛事",曹植的《七步诗》(虽然不能证明是他的作品),还能在普通人的记忆之中占一席之地。而像出类拔萃的王粲、地位很高的孔融、才华出众的祢衡,他们的作品,当然也很了不起,但很少被现代人知悉。至于徐、陈、应、刘,他们写的东西大半失传,如今,只不过是文学史中的一个符号而已。

刘备的软实力

"新野牧，刘皇叔，自到此，民丰足。"民谣既反映社会舆情，更代表大众心声。单福，也就是徐庶，闻名投托而来。

这就是刘备的软实力了，因为对他来讲，兵马不强，粮草不敷，地盘不大，声势不足，除以仁义行天下外，也无他法。然而，这些精神上的东西，可以锦上添花，但总不如物质上的东西，能起雪中送炭之用。软实力若无雄厚强大的硬实力为后盾，行之颇难奏效，成事不易巩固。西蜀一直局限于四川盆地之内，从无大的进展，就吃亏在这种总体国力的薄弱上了。

对有志有为的人来说，弱不可怕，正因为弱，才要审时度势，把握机会，才要卧薪尝胆，发奋图强。跃马檀溪的刘备，终于领悟到一个真理：在这个杂扰纷争的世界上，有许多事情，成败得失，存在着变化的可能性，非不能也，乃不为耳。于是，他也敢挺直腰杆面对曹操的来犯了。

因为患有曹操恐惧症的刘备，还记得建安五年，曹操煮酒论英雄时，"以手指玄德，后自指曰：'今天下英雄，惟使君与操耳。'"当时刘备的反应很是失态，"玄德闻言，吃了一

三国志像，绣像金批第一才子书，毛声山评点，金圣叹序，清初刊本大魁堂藏版

惊，手中所执匙箸不觉落于地下。"刘备在精神上慑服于曹操的淫威，非只一日；在军事上惧怕曹操的实力，由来已久。跃马檀溪以后，信心增强的刘备，这一次居然敢于直面强敌，火烧之，佯败之，埋伏之，围歼之，颇有一点咸

鱼翻身之感，这倒是军师徐庶对刘备的启示了。还是昨天的人马，还是以往的打法，怎么产生出如此截然不同的结果呢，他明白了，只是多了一个单福而已。

人才，事业成败的关键，是谁都明白的道理。但什么样的人，才算是人才？并不是所有领导都能分辨得出来的。刘备一直视关羽为其辅佐，而关羽也一直扮演着这个角色。至于后来很多决策上的错误，路线方针上的歧异，都与这个自命不凡、自以为是的二号人物的感情用事、意气用事有关。关羽是能够在万军中，取上将之头如探囊取物的无敌将军，但他未必是能指挥千军万马、争城夺地的英明统帅，更未必是能运筹帷幄、决胜于千里之外的军师。这一点，关一辈子糊涂，刘多数时间糊涂，少数时间清醒。此刻，处于清醒状态下的刘备，大概终于明白他二弟打仗行，指挥打仗未必行，虽肯学习，天天读书，却摆脱不了没有正式学历的自卑，而逆反到极度自尊、骄倨，是靠不住的业余军师。单福的出现，使他更加明白，革命，不仅仅靠胳膊，更要靠头脑；战争，不光光靠兵马，更要靠计谋。单福小试牛刀，便旗开得胜，让他感到，没有正式军师，寸步难行。于是有了三顾茅庐、求贤若渴的佳话。但是刘备一旦陷入结义的情感旋涡中，就会失去最起码的清醒。所以，蜀之败，始于关羽，而关羽之败，则源之于此人始终没有放下桃园结义的老二架势。从新野出发的刘备，要没有徐庶，要没有诸葛亮，结局比同姓的刘焉、刘表、刘璋还要惨。因为他，截至目前，还是连一寸土地也没有的小混混。

在战争中，真正的实力，固然是地盘，是兵马，是粮草，但更重要的是与你同仇敌忾、同心共气的谋士。如果说统帅是一台主机，那么，谋士就是硬盘，发挥智囊作用。官渡之战，袁绍帐下，并非没有足智多谋的军师，但是他有而不用，用而不信。识人才能得人，得人而不识人，有人也等于无人。三国时期，使用谋士最力者为曹操，得益于谋士贡献最大者，也莫过于曹操。对于知识，对于知识分子的作用，在历代统治者中间，能有曹操这样一个认识水平的，并不多。所谓"得人者昌，失人者亡"，谁拥有人才优势，而且给人才创造一个"各尽其能，各展所长"的良好环境，谁就会在竞争中占上风。

徐庶，不过是诸葛亮亮相之前的一次预演而已。在《三国演义》一书中，诸葛亮的出场，是镜头画面给得最多的一个。从牧童短笛开始，就是为这位羽扇纶巾的先生出场做准备了。在《三国演义》一书中，对刘备求贤，三顾茅庐，用尽笔墨，不吝篇幅，即使在世界小说之林中，被如此下大力气塑造者，也不多见。

好一部谋士传

第三十六回（上）：玄德用计袭樊城

这部小说除了帝王将相之外，确实也无其他了。在这里，看不到一个有具体面目的老百姓，也看不到一个有具体面目的士兵。甚至人类的另一半，有名有姓的女性，也不足十人，微乎其微。

全书以很大的篇幅写战争，那是"将"的事；同样，以更多的篇幅写权谋，那是"相"的事。《三国演义》是一部讲权谋的小说，既然是权谋，必离不开谋士，因此，写"相"甚于写"将"。所以，《三国演义》也是一部中国仅有的，世界上少见的，表现谋士智慧的小说。

在所有的这些谋士中，最出类拔萃的，最高风亮节的，最永垂不朽的，莫过于"鞠躬尽瘁，死而后已"的诸葛亮了。

三国时期，还有一个不可等闲视之的人物，那就是贾诩。他与诸葛亮不同之处，一无必达的目标，二无必成的志向，但他最后目标达到，志向成功。诸葛亮一有必达之目标，二有必成之志向，然而最后，"出师未捷身先死，长使英雄泪满襟"这自然是命也运也的事情了。贾诩第一次出场，就是董卓死后，卓之余部不为王允所赦，正惶惶然不知所措之时，

三国志像，绣像金批第一才子书，毛声山评点，金圣叹序，清初刊本大魁堂藏版

他跑出来给他们出了一个阴损坏的主意："你们手中的刀枪剑戟都是吃素的吗？"于是一个董卓死掉，四个董卓出现，天下再一次大乱，东汉彻底完蛋。

此人从助纣为虐开始，到为张绣出谋划策反曹，到为曹操、曹丕父子效力。计无不立，谋无不成，也是这部书里唯一的大获全胜的谋士。贾诩在杀掉那么多谋士和文化人的曹操手下，能平安活到耄耋之年，功成名就而逝，是一位最懂得在"伴君如伴虎"的环境下求生存的谋士。一个杰出的谋士，不是执拗地去做一件事，而是机变地去做成一件事，两者之间的差异，就在事倍功半和事半功倍的效果上了。然而，一个有着坚定信仰而无我的人，为信仰付出代价，甚或生命，和那些虽无坚定信仰却有我的人，总能顺水行舟、如鱼得水，究竟谁更值得后人赞叹呢？

曹操最得意，也是最欣赏的谋士，莫过于郭嘉了，这是一位具有高明见解、战略宏图，而且判断准确、料事如神，但可惜却短命早逝的谋士，他不但能够准确地把握住动乱不定、变化不已的局面，做出攻守得当、进退适宜的决策，而且具有高瞻远瞩、真知灼见的能力。在官渡之战后，他主张乘胜追击，以犁庭扫穴之威，一举成功，大获全胜，让曹操自此再无北顾之忧，这很大程度上是曹操和郭嘉的一次精彩合作，一次完美表演。"唯奉孝为能知孤意"，"使孤成大业者，必此人也"，赤壁之战败后，曹操还不禁怀想：若"郭奉孝在，不使孤至此"。因此可以推断他对郭嘉期望值之高。他对荀攸等人说："诸君年皆孤辈也，唯奉孝最少，天下事竟，欲以后事属之，而中年夭折，命也夫！"恐怕也是他感情的真实流露。

许攸本是袁绍的谋士，袁绍不用他，遂投奔曹操，因为他与曹操曾经相识而且有些交往。在官渡之战中，这个堪称上乘的谋士，屡有出奇制胜的高招，常收意料之外的战果。要没有他，曹操这一仗要打得吃力些。但许攸是那种恃才傲物，行为突兀，性格放荡，不羁常俗的人物，生就的脾气长就的肉，爱发自以为是的言论，总要表现特立独行的样子。作为谋士，其实不过是工具的许攸，竟然在攻下冀州时，用鞭指着曹操问道，你没有我，能进得了这座城池吗？曹操当时笑笑而已，实际上许攸的生命已经进入了倒计时。古人言，"皮之不存，毛将焉附"，是皮决定毛，而不是毛决定皮，这就是中国文人（当然包括谋士）永远摆脱不掉的宿命。

《三国演义》，其实就是一部谋士传，正是这些形形色色的文士，林林总总的韬略，使得这部书成为历朝统治者的必读书。

孔明未走出卧龙岗时，舞台灯光一直照着曹操，全是他的戏。但自此开始，《三国演义》另一个灵魂人物，也就是谋士的最高典型人物，便要出场了。

"以德化人"的异常光辉

东汉"党锢之祸"，其实就是持续性的、大规模的迫害知识分子运动。大批有才有智之士，报国为民之流，被杀的杀、关的关，余下的，不是被放逐、就是自行远遁，不是名列另册、就是永不叙用。当时很多有志之士，都不得不远离洛阳，藏身林下，躲脱混乱，逃避庸俗。一个政权，及其统治集团所形成的政治中心，对文化精英阶层失去了号召力，失去了凝聚力，甚至失去了最基本的信任之时，大概，也是其末日来临之时了。果然，黄巾起，天下乱，汉室衰微，从诸侯争霸到三国厮杀，据钱穆统计，东汉桓帝永寿二年，全国人口为五千万，不足百年，只剩一千六百万。当时，远离中原的荆州，受时局影响较小，战火尚未延及，能保持相对平静，故而，大批名流学者、文人雅士举家南下。刘表时号"八俊"，也有给自己树起一面旗帜的打算，开门迎客，门庭若市。估计徐庶就是这样来到荆州的。《魏略》："初平中，中州兵起，乃与韬南客荆州，到又与诸葛亮特相善。"

刘备初见司马徽，说到"卧龙凤雏，两人得一，天下可治"，玄德懵然不知，水镜先生以"好好"应之。成语"司马

称好"，就出自他的这句口头禅。再见司马徽，
说到"孔明与博陵崔州平，颍州石广元，汝南
孟公威与徐元直为好友"时，刘玄德终于开了
窍，赞叹"何颍州之多贤乎"，这一回，他才意
识到不是没有人才，而是他两眼瞎，即使人才
在面前也看不到罢了。

三国志像，绣像金批
第一才子书，毛声山
评点，金圣叹序，清
初刊本大魁堂藏版

以前，曹操虽然捧过一阵刘备，"天下英雄，唯使君与吾耳"，但我不甚相信这是他的真心话，就看他早年交往的大名士，桥玄、何颙、许劭、蔡邕，那时的刘备，别看人称皇叔，曹操不会真正看重。不过，迎战曹仁，智袭樊城，让曹操惊讶，倒没有士别三日刮目相看的新鲜感，而是问曹仁：不知谁为刘备划策？一句话识穿刘备其实没什么本事。于是，程昱道出徐庶的由来，曹操认为，刘备不足畏，刘备加徐庶就难以对付了，程昱遂出了一个擒母促降的计谋，展开攻心战。谋士与谋士斗，千万不能被对方抓住感情上的弱点。徐庶所以不敌程昱，只是他的孝亲之心，让他必中奸计罢了。于是，救母要紧，只好离开刘备。没想到回到许都，老母身亡，最后，连自己一生也交代了。据《魏略》："逮大和中，诸葛亮出陇右，闻元直、广元仕财如此，叹曰：'魏殊多士邪！何彼二人不见用乎？'"

　　孙乾出主意不放徐庶走，激曹操杀其母，断其归路，这招有点臭，有点损。"孙乾密谓玄德曰：'元直天下奇才，久在新野，尽知我军中虚实。今若使归曹操，必然重用，我其危矣。主公宜苦留之，切勿放去。操见元直不去，必斩其母。元直知母死，必为母报仇。力攻曹操也。'玄德曰：'不可。使人杀其母，而吾用其子，不仁也；留之不使去，以绝其子母之道，不义也。吾宁死，不为不仁不义之事。'"若刘备为曹操，必用此计，不过，能留住徐庶，绝不会有走马荐诸葛的下文；但刘备非曹操，他不做不仁不义之事，虽送走徐庶，却有走马荐诸葛的雅举，迎来孔明先生。所谓"以德化人"，人性至上，在刀枪剑戟中，也会产生异样的光辉。

　　送了一程，又送一程，刘备送别徐庶之情，真诚感人。这位皇叔的哭天抹泪，已是习惯性的条件反射，但这一次与徐庶分手时的泪如雨下，却是他点点滴滴在心头的感情总爆发。徐庶成为他的智囊，日子不多，但谋定而后动，出手见精彩的几次交锋，使他眼界大开，识见大增，混迹江湖这么多年，在战争这门学问上，只能算是业余水平的他，得以补了一课。

　　他之所以如此激动，很大程度上是他明白了十多年来流离失所，屡起屡败，至今尚无方寸立足之地的一个重要原因，仅靠他的两位兄弟，徒有勇气而无谋划，空有武艺而无韬略，是成不了王霸之业的。无立国成事的智囊，无运筹帷幄的军师，无高瞻远瞩的谋士，无指挥若定的副帅，想成大事，无疑是缘木求鱼。徐庶这一走，他真是像掉了魂似的感到无依无靠了。策马而走的徐庶，已经走得很远了，可这时，他突然掉回马头，大家欣喜他终于改变主意，谁知该走的总是要走，而该来的终究要来，这就是徐庶走马荐诸葛。《三国演义》的真正主角，即将登场。

诸葛亮的出世与入世

第三十七回（上）：司马徽再荐名士

诸葛亮隐居在南阳卧龙岗，自比管仲、乐毅，有经天纬地之才，所有认识他、知道他、了解他的人，无不承认不及他的万一，把他看成是周之吕望、汉之张良。这样一个众望所归的智士，为什么过着表面上看来是出世的生活？当时诸侯征伐，战乱仍频，生灵涂炭，民不聊生，迫使一部分知识分子逃避严峻的现实，远遁山林，避祸村野，崇尚老庄，追求无为，这也是看透了一切以后的旷达。诸葛亮所以和这些人过从甚密，自是有思想上的共鸣之处。

刘备的出现，打乱了他的生活轨迹，如果没有三顾茅庐，他也许囿于南阳那块盆地之中，吟啸山林，徜徉河川，漫游乡间，耕读自娱，这也未尝不是一辈子。然而，走出这块盆地，想不到却走进了历史，万千军马，战火纷飞，争城夺地，胜负得失，成为千秋评说的一个伟大人物。

《三国演义》开宗明义第一句话，就是"天下大势，分久必合，合久必分"。明眼人看得出，在新一轮"分"的角逐中，若不经过长期而反复的火并、厮杀，严峻而痛苦的较量、争斗，一个能够领袖群伦，重新构筑"合"的人物，是产生不出来的。

三国志像，绣像金批第一才子书，毛声山评点，金圣叹序，清初刊本大魁堂藏版

当时，汉王朝气数已尽，三百年统一局面即将结束，分化瓦解的进程开始，如果说合后之分，是一种必然，那么分后之合，也是一种必然，那么在两者之间的动乱，更是一种必然。在新的一轮角逐中，诸葛亮选择的道路，是同当时避难荆州的名士一样，站在旋涡外，冷看变化中，他有他自己的思考，即使具有济世良才，能力挽狂澜吗？他回答徐庶："君以我为享祭之牺牲乎！"表明了他对无望挣扎的拒绝心理，正是这分清醒，才能有"淡泊以明志，宁静以致远"的明达通脱，才能有"我本是，卧龙岗，散淡的人"的潇洒。

然而，这是一个大家的世界，你是这个世界的一个细胞，世界很大，细胞很小，但大世界和小细胞，脉速的搏动，其频率是一致的，基因的组合，其成分是相通的，所以，中国的知识分子，与这块灾难深重的土地，有着如同与母体相连的脐带一般息息相关的联系。所以，忧国忧民，是知识分子心灵中，一份永远擦拭不掉的神圣情结，同时也是思想精神上甘于背起的沉重负担。于是，干预也好，投入也好，逍遥也好，隐遁也好，便有每个人自己的表达关注的方式。

入世，是一种关注；出世，也未必不是一种关注。诸葛亮身在茅庐，心系寰内。虽耕读自娱，但诗中"改尽江山旧"的抱负，"大梦谁先觉"的情怀，说明世间的一切，包括像曹操在冀州作玄武池以练水军这样一个动作，他也牵挂在心。说明他虽躬耕陇亩，中国土地上所发生的变化，时刻萦系在他脑海之中。

诸葛亮（181—234），徐州琅琊阳都人，父逝后随其叔附荆州刘表，但刘表外宽内忌，并不知人善用，从此，隐居南阳。处于秦岭、伏牛山、桐柏山之间的南阳，是块盆地，盆地的优点，是内敛，是蓄积，是丰厚，是凝重；盆地的缺点，是局限，是仄狭，是短视，是束缚，诸葛亮作为相来说，盆地的优点成就了他才雄志大、心密意廓、高风亮节、韬深谋远的一面，同样，盆地的缺点，也构成了他欠开阔、欠豁达、欠大度、欠放手的一面。在历史上，这位伟人以他几乎毫无瑕疵的人格，"鞠躬尽瘁"的精神，隆中决策三国鼎立的理论，不懈北伐力图光复的功绩，在刘备死后辅佐阿斗的忠心耿耿，成了中华民族千百年来引以为豪的榜样。

本心而论，诸葛亮不想入世，诸葛亮的朋友也不赞成他入世，他知道，他朋友也知道，他入世未必于世有补，不得其时，徒费心力的悲剧在等待着他。可他终于难逃这种忧国忧民的心狱，还是走出了南阳盆地，后来，他又长期局限于四川盆地。虽然，他很想跳出去，但终于在五丈原永远停步。

这也是中国知识分子将自己贡献给大地母亲的悲剧。

虽得其主，不得其时

　　刘玄德三顾茅庐，诸葛亮走出南阳，为《三国演义》中的最重要章节，如此下大力气细细写来，既有构置悬念，吸引注意，重锣密鼓，突出人物的考虑，更是一种张扬正气的政治取向，一种标榜道德的价值宣示。罗贯中为了突出刘备之诚，用了整整一回篇幅，见谁都误以为诸葛亮，多次重复同一情节，结果，倒把刘备写得有些呆傻气了。

　　文学最忌重复，可《三国演义》来自"说三分"话本，话本是说话人（也就是后来的说书艺人）据以演唱的底本，针对观众而非读者，观众不讨厌反复，因为那时的剧场，也就是所谓的"勾栏瓦舍"，开放经营，随意出入，行动自由，因此反复能使那些流动不定的观众，也就是听众，把故事听得连贯，反复便是必需的手段。到了罗贯中手里，面对的是拿着《三国演义》的读者，就不大喜欢没完没了的重复，可这位改编者，也不敢大改，只好一仍其旧，一顾二顾而三顾了。《三国志》惜墨如金："由是先主遂诣亮，凡三往，乃见。"

　　在《魏略》中，还读到诸葛亮这样一种出场方式："刘备屯于樊城，是时曹公方定河北，亮知荆州次当受敌，而刘表

三国志像，绣像
金批第一才子
书，毛声山评
点，金圣叹序，
清初刊本大魁堂
藏版

性缓不晓军事。亮乃北行见备，备与亮非旧，
又以其年少，以诸生意待之。坐集既毕，众宾
散去，而亮独留，备亦不问其所欲言。备性好
结毦，时适有人以髦牛尾与备者，备因手自结
之。亮乃进曰：'明将军当复有远志，但结毦而

已邪？'备知亮非常人也，乃投耗而答曰：'是何言与，我聊以忘忧耳。'亮遂言曰：'将军度刘镇南孰与曹公邪？'备曰：'不及。'亮又曰：'将军自度何如也？'备曰：'亦不如。'曰：'今皆不及，而将军之众不过数千人，以此待敌，得无非计乎！'备曰：'我亦愁之，当若之何。'亮曰：'今荆州非少人也，而著籍者寡，平居发调，则人心不悦；可语镇南，令国中凡有游户，皆使自实，因录以益众可也。'备从其计，故众遂强。备由此知英略，乃以上客礼之。《九州春秋》所言亦如之。"

"备性好结耗"的情节，被《三国演义》另处用了。也许考虑到这样的诸葛亮，有点愤青，不符合人们心目中所期待的近乎神的形象，遂把这很具光彩的情节舍弃了。

如果说《三国演义》是一部讲权谋的书，那么在善于弄权方面，曹操当数第一好手，无人能过之；同样，在精于用谋方面，诸葛亮当数第一谋士，无人能出其右。这两位，善恶对峙，正邪较量，贯穿全书，一以"宁我负人，人毋负我"的杀戮开场，满纸血腥；一以"鞠躬尽瘁，死而后已"的忠忱终结，万世流芳，正负两极，黑白分明。《三国演义》源自民间创作，平民性是这部不朽之作的道德脊梁，自然要依老百姓的眼光，爱其所爱，仇其所仇，善其所善，恶其所恶。而满足听众的心理要求，尊重读者的精神期待，也是作者的神圣天职，应尽义务。于是，绘声绘色，推波助澜，浓墨重彩，别开生面，可谓不惜工本，大张旗鼓。

《三国演义》是上乘的历史小说，它既是历史，更是小说，历史并没有"一顾二顾三顾"如此复杂多端的情节，但小说却能写出民意交集，人心所向，非此莫属的桥段。所以，说来也并不轻巧的平民意识，恐怕正是这部书得以家喻户晓，经久不衰的魅力所在罢！

水镜先生"虽得其主，不得其时"这八个字，便成了诸葛亮一生不幸的谶语。崔州平"顺天者逸，逆天者劳"这八个字，寓示了诸葛亮只有"鞠躬尽瘁，死而后已"了。

其实，诸葛亮从走出卧龙岗，到病逝五丈原，他的理论和实践，存在不少脱节之处。由于刘、关、张本身的致命弱点，和他的悲剧性格，发生过一连串的失误，以至于最后也并未实现他隆中决策的理想。所以，《三国演义》虽不遗余力地把诸葛亮的这些伟大英明正确予以神化，但实际上却不是这么回事。他就是他，不是神。而《三国演义》在诸葛亮这个人物的塑造上，不那么成功之处，也许就在这里。

诸葛亮的伟人光环

第三十八回（上）：定三分隆中决策

我们通常喜欢用"伟大"这个词，或再加上"英明""正确"，来表示对一位领袖的崇敬。其实，所谓的"伟大、英明、正确"，准确地说，只是指其某项政策而言。

诸葛亮论说，曹得天时，吴得地利，取荆州和益州后，得人和来治蜀，以此而立国，这番思想决策不能不说是"伟大"的。那时，北方已在曹操掌握之中，江东是孙氏三世经营的基业，刘备唯有跨荆、益，踞守险阻，徐图进取。诸葛亮从政治、地理角度，选择这块地盘，养精蓄锐，以图来日。在主敌必然是曹操的形势下，若荆州受击，益州可北上，若益州被袭，荆州可牵制，这个论断不能不说是英明的，而且破除刘备的宗亲思想，不失时机地夺得刘表和刘璋的土地，形成三分天下的政治版图，也不能不说是正确的。

这些新思维，对于刘备和关、张及其部属，是闻所未闻的，在此以前，他们像浮萍一样漂泊不定，直到诸葛亮出山，他们才知道不一定非要过寄人篱下、仰给于谁的日子，自己可以当主子；也可以成立国家，于是豁然开朗，有奔头，有干劲了。

回顾刘备的二十年，他的行止，从小沛到新野，辗转千里，其盲动程度，实质与流寇也无大差别，光有雄心壮志，并无通盘的立国立本的战略决策。倘无诸葛亮的辅弼，他的下场和袁绍、袁术、吕布、公孙瓒之流是差不多的。如果说刘备有什么了不起的地方，三请诸葛亮的虔诚，对孔明的绝对信任，那言听计从的态度，是可圈可点的。但作为一个领袖，从善如流，也是应该具备的素养，而刘备对关羽之信任度、依存度，远高于诸葛亮，所以，在这一点上，他就称不上伟大英明正确了。

然而，在中国历史上，盖棺定论的帝王，完全当得起这三个定语的，又能有几人呢？就隆中决策来讲，诸葛亮称得上是高瞻远瞩，可并不等于他是一个无可指摘的完人，和永远的伟大英明正确。从他治国实践不完全成功的结果来看，即使称其为"伟人"，恐怕也是要打个折扣的。

他刚从南阳走出来，到新野为刘备主持军政要务，正赶上曹操挥师痛击刘备之际，这其间也未见这位大谋略家的出色表现。先是看着那位皇叔，败在一误再误，未能及时拿下荆州，以致错过时机。再败在小胜以后，掉以轻心，没有及早做撤退准备。更败在他携民渡江的大逃亡上。虽然得到了千古赞扬的仁义道德的美名，习凿齿甚至褒他为："追景升之顾，则情感三军；恋赴义之士，则甘与同败。"但实际上，刘备既救不了百姓，也救不了他自己。世界上还没见过一位将军，以数千兵力，掩护十数万民众，每天以五公里的速度缓慢撤退的。到底是打算逃跑呢，还是等曹操追上来消灭掉呢？

人们有理由问：诸葛亮作为谋士，就不承担责任吗？

遗香堂绘像三国志，明末安徽新安黄氏刻本

　　一、他未从保存实力的角度，使主力部队和指挥机关轻装转移，先行一步，却迁就了刘备的纯系感情用事而误事的做法。二、制定的撤退路线，先去投奔毫无接纳把握的襄阳，是错误的，继而转向曹操志在必夺的江陵，则更是错误的。钱粮大半在江陵，曹操是专门断粮劫粮烧粮的老手，这便宜会让诸葛亮占了去？三、在最需要临机处变的关键时刻，诸葛亮撇下刘备，往江夏求救。一个决策人物，当作一个使者来用。刘备乱了方寸，情有可原，他本来就是一个织席贩屦之辈，怕是连兵书都未读过，所以打算跳江自杀，但诸葛亮却没有任何自责之词，对他的伟大，就不能不质疑了。至于诸葛亮进蜀以后，终其一生，虽鞠躬尽瘁，但从此未能拓展一寸疆土，结果却是因他的疲国劳民的北伐政策，把本可据险固守、富饶自足的天府之国，拖垮在穷兵黩武的战争之中。在三国中，阿斗是最早降晋的。

　　尽管有许多失误，但作为一个"鞠躬尽瘁，死而后已"的伟人形象，会当之无愧地，在史册中长存下去，直至永远。

第一位永远是实力

《三国志·鲁肃传》载他建议孙权："剿除黄祖，进伐刘表，竟长江所极，据而有之，然后建号帝王以图天下。"这是早于"隆中对"七年的"江都对"，说明东吴也是把荆州看成是立国生命线的。因此，诸葛亮以荆州为根据地的隆中决策，也就种下了吴蜀不和的因子。

诸葛亮的隆中对，至少犯下了分散军力的错误。集中优势兵力，本是克敌制胜之道，荆州要守，入蜀须攻，无论攻守，都得兵马，伸出两个拳头，对付一个敌人，总比同时对付两个敌人，来得从容。从《三国志·庞统传》裴注引《九州春秋》来看，至少庞统是持不同看法的："荆州荒残，人物殚尽，东有孙吴，北有曹氏，鼎足方针，难以得志。"曹操的谋士蒋济也说过："刘备孙权，外亲内疏，羽之得意，权所不愿也。"所以，对于诸葛亮的隆中对，从以后实际状况来评断，先取荆州为家，势必和东吴翻脸，就未必是最佳方案了。

三顾草庐，隆中对三分天下说敲定，时为公元207年（建安十二年），但早在公元200年（建安五年），东吴鲁肃经周瑜引见于孙权时，先就提出来："汉室不可复兴，曹操不可卒除。为将军计，惟有鼎足江东，以观天下之衅。"
这是"江都对"三分天下说。裴松之在注《三
国志》时，认为"三分说"的著作权，应该归
于鲁肃。他说："刘备与权并力，共拒中国，皆
肃之本谋。又语诸葛亮曰：'我子瑜友也'，则
亮已亟闻肃言矣。"子瑜，即诸葛瑾，诸葛亮之

三国志像，绣像金批第
一才子书，毛声山评
点，金圣叹序，清初刊
本大魁堂藏版

兄，事吴，为大臣，其子诸葛恪，孙权死后，曾一度掌控东吴军政大权。诸葛一门，分别于魏、蜀、吴任职，各事其主，在当时，不以为奇。

《三国志》过于简略，南朝宋人裴松之（372—451），历史学家，为此书加注，"引经部廿二家，史部一百四十二家，子部廿三家，集部廿三家，凡二百十家"。成为正史中别具一格的品类，很多史料史籍，因其书而存世未遭湮没。罗贯中编写《三国演义》，以其七实三虚的笔法，也成为说历史却为小说，说小说却为历史的传记文学品种，裴注《三国志》，罗著《三国演义》，各具特色，交相辉映，为中国文化奇观。接下来的"建安七年，曹操破袁绍，遣使往江东，命孙权遣子入朝随驾"。未见于《三国志》的《太祖传》《吴主传》，只见于《资治通鉴》汉纪五十六"曹操下书责孙权任子"。

质子，是一种古老然而常新的谋术，春秋战国时多行之。曹操是个大政治家，当不屑为之。因为他刚赢了官渡之战，又远征乌桓，聪明的他，不可能，也没有力量重启战端。不过，大人物不见得不会犯低级错误，上帝都非万能，何况凡人乎？他对于东吴，如果一开始采取怀柔政策，建立情感，使得吴、蜀没有联盟的基础，先除掉刘备，再来对付孙权，就不至于赤壁大败了。

据《三国志·吴主传》，好像东吴方面，对付黄祖，尚自顾不暇，更不会挑战更强者了。"建安四年，从策征庐江太守刘勋。勋破，进讨黄祖于沙羡。五年，策薨。七年，权母吴氏薨。"看来，孙权继其兄位后，一为其兄复仇，二除胸腋之患，乃其首务。但他的首席谋士张昭，是个绝无建树的形式主义者，他说："居丧未及期年，不可动兵。"另一位首席谋士周瑜则持相反意见："报仇雪恨，何待期年？"期年，古代丧制，人死后必苫块服丧一年。看来周瑜是个敢想敢干的务实主义者，不束缚于规矩道理，不拘泥于传统习惯。此人，识见胆气，文武韬略，都非一般。可惜英年早逝，否则，东吴的形势会是另外一个样子。

但就这样一个黄祖，让东吴伤透脑筋，从孙权之兄孙策在汉献帝建安四年（200）打起，一直到汉献帝建安十二年（207），再度"西征黄祖。虏其人民而还"，到"十三年春，权复征（这是第三度了）黄祖，祖先遣舟兵拒军，都尉吕蒙破其前锋。而凌统、董袭等尽锐攻之，遂屠其城。祖挺身亡走，骑士冯则追枭其首，虏其男女数万口"。这也是后来曹操南征，孙权必须联合刘备的原因，国与国的斗争，实力永远是第一位的。

刘备的仁义与窝囊

第三十九回（上）：荆州城公子三求计

从诸葛亮出山，三国的轮廓大貌基本定型。

当此时也，平定袁绍，远征乌桓，统一北方的曹操，自然是不容间歇，挥师南下，乘胜完成大业。虽然他的幕士多次建议休整，而且他没有诸葛亮为刘备设谋的隆中决策可用，也没有甘宁为孙权囊括荆襄宏图远见的进言。但曹操比之刘备，比之孙权，终究是略胜一筹的政治家、军事家。他的战略目光一开始就十分明确地落在了刘表的荆州版图上。

所以把曹仁派驻樊城，主要是防范有强烈拓展野心的刘备。一、曹仁是嫡系部队；二、曹仁是有政治头脑的一员猛将；三、他和刘备作过战，深知对手。可见曹操防刘备，甚于防孙权。一头饥渴的狼，要比一头吃饱了的狼，更具攻击意识。

曹操很清醒，虽然孙权实力较胜刘备，但终究初握政权，攻打黄祖，相当吃力，拿下江夏，又怕孤城难守，撤回东吴。这说明他的进攻，是在复仇情结支配下的行动。包括甘宁降权，转过脸去杀黄祖；凌统在庆功宴上，拔剑直取甘宁，都是不具有十分政治意味的报仇而已。至少表明东吴上下，完整的战略意识还未形成。

三国志像，绣像金批第一才子书，毛声山评点，金圣叹序，清初刊本大魁堂藏版

而刘备在军事上，出新野，攻樊城，烧博望，势不可遏。在政治上，对荆州的图谋，也已到了瓜熟蒂落、坐享其成的地步。

　　从组合十八路诸侯联军，讨伐董卓会盟开始，曹操的全局观点就表现出他的敏锐性、独到性，以及准确性。虽然，此时此刻，刘表占荆州，刘焉占益州，马腾、韩遂占凉州，但最难剃的头，一个是刘备，一个便是孙权，而刘备比孙权具有更大的危险性。虽然这两个人的存在，同是他的障碍，但他不可能两拳并出，在时间上必有先后之分。曹操的兵向荆襄而去的决策，当然是正确的决策。

　　准确的判断，果敢的决定，迅捷的行动，是一个掌权者必需具备的领导力。相比之下，刘备就差得太多了，他忘了自己是一个房客的身份，房东病了，不在他的关心之列；病势严重到相当程度，他也置若罔闻。万一出现状况，他的继承人会不会提高房租，或者请他搬家，都不在他的考虑之中。连一个房客都当不好，还想当统帅吗？再说樊城与襄阳，半日路程，竟然不布置一两耳目，结果，刘表一死，刘琮降操，毫无心理准备的刘玄德如闻晴天霹雳，立马六神无主。措手不及，狼狈万状。

　　"时刘备屯樊，琮不敢告备。备久之乃觉，遣所亲问琮，琮令官属宋忠诣备宣旨。时曹操已在宛，备乃大惊骇，谓忠曰：'卿诸人作事如此，不早相语，今祸至方告我，不亦太剧乎！'引刀向忠曰：'今断卿头，不足以解忿，亦耻丈夫临别复杀卿辈！'遣忠去，乃呼部曲共议，或劝备攻琮，荆州可得，备曰：'刘荆州临亡托我以孤遗，背信自济，吾所不为，死何面目以见刘荆州乎！'备将其众去，过襄阳，驻马呼琮，琮惧，不能起。琮左右及荆州人多归备，备过辞表墓，涕泣而去。"《资治通鉴》汉纪六十五中的这段描写，倒把刘备形容得比《三国演义》要有声有色多了。

晋人习凿齿对刘备的行止高度评价，论曰："刘玄德虽颠沛险难而信义愈明，势逼事危而言不失道。追景升之顾，则情感三军；恋赴义之士，则甘与同败。终济大业，不亦宜乎！"

这场大撤退，刘备吃了大亏，是由于他背了太大的包袱。因为刘琮降操后，"琮左右及荆州人多归备，比到当阳，众十余万人，辎重数千两"。太多的盆盆罐罐，是他不愿轻易抛弃的本钱。另外，相当多的黎民百姓，被刘备的仁义感召，也随着他过江而去，他自然无法不闻不问、弃之不顾。这种农民式牵牛赶羊的大搬家、大迁徙，自然是军家大忌。加之曹操"以江陵有军实，恐刘备据之，乃释辎重，轻军到襄阳。闻备已过，操将精骑五千急追之，一日一夜行三百余里，及于当阳之长坂。"拼命地追过来，将他包抄。

不该取而取，非也；该取而不取，大非也！当然刘玄德拿下荆州，未必守得住，但率众逃亡，真是一窝囊废也！所以，非常之人，方可做非常之事，而正常之人，只能做正常之事，这也是刘备永远成不了曹操的原因。

关二爷与《春秋》

诸葛亮小试牛刀，初露锋芒，火烧新野，放水白河，于正史无据。而火攻水淹，却又是《三国演义》里反复出现的场面，不足为奇。但孔明之胜，其实只是小胜，与其说胜了夏侯，还不如说胜了关、张。

关云长一直没有把自己的位置摆正，这也是他一辈子骄傲自满的总根子。他总认为刘备之下，就该是他了，所以，其他人是不放在眼里的。关羽对于知识分子总是不那么买账，一张嘴就是轻蔑口吻。而张飞则脱不了地主保甲长的派头，习惯拳头讲话，动不动就要拿绳子绑人。旧时中国文人，固然很害怕皇帝的文字狱，但那是间歇热，一阵发作，也许一阵不发作，而碰上关羽、张飞这类家伙，时时刻刻以防范之心，戒备着你，磨难着你，那也是很难对付的。

在中国，名人名流，越是欠缺文化者，越做饱学状；越是智商不高者，越做深沉状，关羽就是这样一个莫测高深，其实浅薄的人。他以为一天到晚捧着一部《春秋》，就是学问之人，其实他不过作秀而已。看来，关羽读书，是读给别人看的。而真率的张飞，肚中少些笔墨，能够心口如一，不那么妄自尊大，故而性格透明，此人不藏着掖着，反倒容易相处。所以，诸葛亮对关羽，敬而远之，保持距离，有相当程度的保留；对张飞，信任使用，毫无隔阂，有充分足够的相契。刘备则介乎两者之间，在刘玄德身上，既有关羽对知识分子的不信任和不敢信任，也有张飞那种冲动和感情用事，诸葛亮与刘备这样一个本质上的庸人共事，一怕猜忌，二怕警惧，三最怕其自作主张。诸葛亮辅佐刘备以后，凡成功，皆因刘备之百分百信任，加之百分百放手；凡不成功，都是刘备认为自己找到感觉而单挑独干造成的。水镜先生评诸葛亮出山，"虽得其主，不得其时"的说法，也未必准确。如果说是既不得其主，又不得其时，或许更接近历史真实。

而诸葛亮的麻烦，岂止刘备，还有关、张。人在生活中，不可能没有顶头上司，若此上司比较容易受其亲信左右的话，那就更不好应付。

《三国演义》就是这样描写关、张对孔明的不买账，不认可，并给他脸子看的。狗仗人势，很讨厌；人仗人势，更讨厌。当时，夏侯惇来犯，诸葛亮排兵布阵以后，"云长曰：'我等皆出迎敌，未审军师却作何事？'孔明曰：'我只坐守县城。'张飞大笑曰：'我们都去厮杀，你却在家里坐地，好自在！'孔明曰：'剑印在此，违令者斩！'玄德曰：'岂不闻运筹帷幄之中，决胜千里之外？二弟不可违令。'张飞冷笑而去。云长曰：'我们且看他的计应也不应，那时却来问他未迟。'"

这两个人，情绪相同，心态相似，一个冷笑而去，一个憋着秋后算账，能不令人心寒，但开弓没有回头箭，走出茅庐容易，再想回去当隐士，那就难了。幸好，这一仗旗开得

三国志像，绣像金
批第一才子书，毛
声山评点，金圣叹
序，清初刊本大魁
堂藏版

胜，那"夏侯惇收拾残军，自回许昌。却说孔
明收军。关、张二人相谓曰：'孔明真英杰也！'
行不数里，见糜竺、糜芳引军簇拥着一辆小车。
车中端坐一人，乃孔明也。关、张下马拜伏于
车前。"

孔明真英杰也，张飞真是这样想的，至于

关羽，是不是真这样想，从其后来对孔明的所作所为来看，还得打个问号。《三国志》对关羽和张飞的评论为"羽善待士卒而骄于士大夫，飞爱敬君子而不恤小人"。而这个"士大夫"，很大程度上就是诸葛亮。毛泽东在谈到《三国演义》中的关云长时，认为他"大体上是不懂统一战线的，这个人并不高明，对待同盟军搞关门主义，不讲政策"。而清人王夫之曰："吴、蜀之好不终，关羽已死，荆州以失，曹操以乘二国之离，无忌而急于篡，关羽安能逃其责哉？羽守江陵，数与鲁肃生疑贰，于是而诸葛之志不宣，而肃亦苦矣。肃以欢好抚羽，岂私羽而畏昭烈乎？其欲并力以抗操，匪舌是出，而羽不谅，故以知肃心之独苦也。"

《春秋》记三百年历史，这其间，有多少英雄折戟，因为骄傲，由胜而败，有多少好汉落马，因为狂悖，由盛而衰，又有多少自我膨胀的人，最后都不得善终，为什么不据以为鉴，引以为训？所谓殷鉴不远，关老爷的《春秋》算是白读了。

三国里的夫人干政

第四十回（上）：蔡夫人议献荆州

蔡夫人把荆州献给了曹操，刘表早知如此，又何必苦苦要维持这份基业呢？

夫人干政，不光是国货精品，洋人也有类似现象，不过，相比之下，中国要热闹些、厉害些，闹腾的后果也严重些罢了。

在封建社会里，女人染指最高权力，绝对是件可怕而不幸的事情。因为第一，在中国人的传统观念之中，"牝鸡司晨"，从来被认为是不祥之兆。所以，处于权力巅峰之上的女性，永远生活在这种精神迫害感当中。第二，在满朝文武悉皆须眉的男性世界里，势必要面对这种超强势的性别压力。所以，作为单个的女性最高统治者，永远在这种性心理的不安全感当中。即使一个最善良的女人，被放到这个位置上，早晚也会变为一个最恶毒的女人。不管是若干年前的吕雉，或者武则天，还是若干年后的慈禧，只要登上权力的珠穆朗玛峰，高处不胜寒，必定在诸多压力之下，要乖戾，要变态，要歇斯底里，要神经质，要恶性膨胀，直到不可救药，直到倒行逆施。

所以，中国人对于夫人干政，特别敏感，也特别反感。

历史上也确有夫人干政成功的例子，不能一概抹杀。武则天当皇帝，不比她丈夫强上百倍？没有她打下的底子，哪有后来唐玄宗的开元之治？这可能和数千年来，以孔子为代表的"唯女子与小人难养也"的轻视女性的观点，和与此相关的封建主义、专制主义的影响至今并未消除有关。男主外、女主内的性别分工，天然地把女性排斥在政治活动之外的成见，仍旧自觉不自觉地起着作用。因此，女性的正常参与政治生活的权利被剥夺，稍有表示，必被看作是反常行为。于是，作为一种逆反心理，某些女性在其力所能及的范围里，狂热地干预国事政务的现象产生，是不奇怪的。由于封建礼教桎梏了人们（也包括女人自己）的思想以后，便把走出厨房外的女人，视为不守妇道。而身居权力中心的女人，又极易生出染指权欲的愈来愈炽的野心。这就是中国夫人干政过多，和反对夫人干政甚烈的政治斗争，持续至今的缘故。

凡夫人干政，一、必有一个握有权柄，而又被她明里暗里能够掌握操纵的男人。这些皇帝、总统、主席、元首，通常先是宠幸、后是庇护、继是放纵、终至失控，成为大权旁落、俯首听命的傀儡。二、必有数个走后宫路线，与她沆瀣一气的，或内戚、或亲信、或情人及面首之类的死党。三、也是最主要的，没有任何制衡力量，能够约束她的恶性膨胀。这也是中国这类丑恶现象不断的一个根本原因。历代王朝不知订过多少不许妇寺干政的条文，但执法者往往是犯法者，犯法者常常是立法者，在没有最起码的民主和司法公正的封建社会里，夫人干政是很难避免的。

《三国志》并无刘表托孤一说，裴松之注引《魏书》《英

三国志像，绣像金批第一才子书，毛声山评点，金圣叹序，清初刊本大魁堂藏版

雄记》《汉魏春秋》有托孤和托国说，但实际上，刘表晚年多病，不理政事，权力中心，早就转移。从《后汉书·刘表传》："二子：琦、琮。表初以琦貌类于己，甚爱之，后为琮娶其后妻蔡氏之侄，蔡氏遂爱琮而恶琦，毁誉之言日闻于表。表耽爱后妻，每信受焉。"习凿齿的《襄阳耆旧记》："（表）为少子琮纳后妻之侄，遂爱琮而恶琦。至蔡氏有宠，其弟蔡瑁，又外甥张允，并得幸于表；又睦于琮，琮有善，虽小必闻，有过，虽大必蔽。蔡氏称美于内。允、瑁颂德于外，爱憎由之，而琦益疏，乃出为江夏太守，监兵于外。瑁、允阴伺其过阙，随而毁之，美无显而不掩，阙无微而不露。于是，表忿怒之色日发，诮让之言日至，而琮竟为嗣矣。"从中可以看到夫人干政，到夫人篡政的全过程。所以，刘备投奔刘表，为汉献帝建安六年（201），至汉献帝建安十三年（208）刘表病死，7 年时间，刘备受到蔡夫人的绝对排斥，受到夫人集团的完全抵制，可想而知，试想连亲生儿子刘琦都被拒绝见最后一面，怎么可能让刘备得到托孤和托国的授意呢？

所以，正史不提此事。

刘备的亲和与寡断

第四十回（下）：诸葛亮火烧新野

《三国志·先主传》载："先主不甚乐读书，喜狗马，音乐，美衣服。身长七尺五寸，垂手下膝，顾自见其耳。少语言，善下人，喜怒不形于色。好交结豪侠，年少争附之。"《三国演义》第一回刘备出场时介绍，将"不甚读书，喜狗马，音乐，美衣服"删去，罗贯中显然认为这些描写有损形象。其实不然，这是当时中国北方豪士阶层，相当常态化的生活方式，读《英雄记》，吕布第一次与刘备接触，"布见备，甚敬之，谓备曰：我与卿同边地人也……"吕布并人，刘备幽人，都被中原人视为"边地"，所以来自西凉的董卓，引起洛阳人的极度恐慌，那是比边地还要野蛮落后的蛮夷了。

但是，《三国演义》特别说到，"尝师事郑玄、卢植"，以示他的学问来历，正宗老牌，而这是士族社会里正经人家子弟，必须走的路。那年，刘备十五岁，正是成长定型的年纪，就这样文不成鸿儒、武不就名将地成为一方之主。这还真得感谢他从娘胎里带来的边地人好武成性、厮杀为生的天性，以及与生俱来的，一旦投入战斗，绝不怕刺刀见红的血性，这杀气足可以使中原士兵闻风丧胆、屁滚尿流的。但是，经过经学大师郑玄和修补经学大师卢植等熏陶，真东西未必学到，花架子蓦来不少，刘备成了夹生饭。于是，他只有打出以仁义行天下的旗号，在那个乱世攘臂而起，居然从者甚众，竟也跻进了一个看到汉室已完，不赶紧抢一把，

三国志像，绣像金批第一才子书，毛声山评点，金圣叹序，清初刊本大魁堂藏版

不抢白不抢的诸侯俱乐部中。

《三国志》评曰："先主之弘毅宽厚，知人待士，盖有高祖之风，英雄之器焉。及其举国托孤于诸葛亮，而心神无贰，诚君臣之至公，古今之盛轨也。机权干略，不逮魏武，是以基宇亦狭。然折而不挠，终不为下者，抑揆彼之量必不容己，非唯竞利，且以避害云尔。"蜀人陈寿入晋后撰《三国志》，对刘备作出"机权干略，不逮魏武"的评价，说明刘备对战争，决非《三国演义》描写的那样菜鸟。

张昭曾经想把诸葛亮推荐给孙权，征求他的意见，诸葛亮拒绝了。他说，孙将军确实是人主，然而，我看他的气度，肯定能够贤明地用我之才，但他肯定不会给我充分发挥的余地。所以我感谢你的推荐，而不能去东吴。但是，他经刘备三顾以后，毅然决然地追随刘玄德，显然，这个刘备有其感召力，有其亲和力，更有其边地人的性格、韧性、魅力和宽宏。所以非亲非友的陈登父子，一直为之奔走，为之策应，只是因为"雄姿杰出，有王霸之略，吾敬刘玄德"这样一种信念。

其实，荆州和益州，都坏在刘备的坚而不决上。他不是不想要，而是想在无碍于他的这种仁义诚信的招牌下要，那当然等于白日做梦。这就是郑玄和卢植给他精神上灌注太多仁义礼智信的效果了。刘备，一次次地被他的那些虚假名声误了大事。庞统说，事当决而不决者，愚人也。刘备所以成不了大气候，他虚张声势的仁义诚信，不就是碍事的包袱吗？

于是，视情势而定，该取则取之，不该取则决不伸手，什么时候取，用何种方法取，则是一种艺术，行事巧拙，手段高低，便要看此人的悟性和果敢了。

即或如《三国演义》所写，刘表托孤，而这个孤在他后妈及党羽支持下，不买他的账，把荆州献给了曹操，那么，这里如今已是曹操名下的地盘，他该取而不取，是谓之愚；刘表的另一个儿子刘琦，也希望他进军襄阳，吊民伐罪，他能取而不取，过城而不入，是谓妄。他的迟疑，他的犹豫，则令人不禁想要当头猛喝：你身体里那边地人的血性，到哪里去了？

此时，嘴上的仁义道德，也许并非他的真实思想，只是这多年来在夹缝中生存惯了的人，独当一面，难免怯场。哭，只不过是掩饰而已。